# 東京迷上車

新井一二三
あらいひふみ

# 序。我爲你畫的東京地圖

新井一二三

有一本書，我想為你寫，是關於東京的。

也許，你已經來過東京一次。跟著旅行團走了台場、淺草、迪士尼樂園。

也許，你已經來過東京很多次。自己逛了銀座、六本木、神田神保町。

也許，你還沒有來過東京。

無論如何，你不可能知道東京的全貌；因為這座城市實在很大。

即使是土生土長的本地人，親身經驗過的東京大概也只有幾分之一而已。除了家住的地方，學校、公司的所在地，幾個大家常去的鬧區，如新宿、澀谷、原宿以外，對這一大塊土地，恐怕相當陌生。

比如說，我，一個生於斯長於斯的東京人，前後做了三十年的東京市民。可是，連第一次來觀光的外國遊客都去的地方，像台場、迪士尼樂園，我卻一次也沒去過。

「你的興趣很偏激吧？」我聽到了你說。

確實有所偏激。

不過，你問問常去台場、迪士尼樂園的東京青年到過神田神保町沒有。我估計，人家十之八九會瞪著眼睛反問道：「請問，那是甚麼地方？」

## 迷宮都市

建築史家陣內秀信說，東京是「迷宮」。我覺得這比喻滿恰當。東京的馬路，沒有一條是直線走的，反而像蜘蛛網那樣，蜿蜒卻互相連接，讓人容易失去方向感。

例如，離御茶之水車站不遠，被老一輩文人喜愛的山之上飯店後面，有地下葡萄酒吧門口的地方，隔著坡道是錦華公園，從中間走下來，應該到駿河台下十字路口，往右拐就是神田神保町書店街了。可是，我每次在那裡，都忽然迷起路來，神祕地忘記何從何去，不敢相信自己至少來過一百次。原因很簡單：斜坡上去，轉進另一條斜坡走下來，再拐彎到斜行路，簡直蒙眼轉了幾次身子一樣，正常人也不可能保持方向感的。

好不容易走到了駿河台下，沿著靖國通，往西走一段應是書店街，往東走則該有滑雪板店街。然而，站在十字路口，兩邊都望不到的，因為這條馬路的形狀好比是從洞穴裡蜿蜒出來的長蟲一樣……

不管是長期居民、新來者還是外地人，隨便上街走東京小路，很容易迷失的。連計程車司機都會。尤其在住宅區單行道特別多，拐來拐去，每次回到同一個地點，總出不去「迷宮」是多麼恐怖的經驗！

## 黑箱般的地鐵網

巨大「迷宮」的居民一輩子不知東南西北。從城中一個地方，移動到另一個地方，大腦也不一定認識到相對方向。

在一個地方下樓梯搭地鐵，到另一個地方下車出來，中間都在地下隧道裡，根本不知道自己到底往東，往南，往西，還是往北走了。

東京地鐵網越來越發達，越複雜，越混亂。有些車站作幾條線的交叉點，本來是為了乘客換車方便；然而，實際上，月台和月台之間往往非常遠，走了十

分鐘都到不了。這麼一來，令人懷疑是否坐車過去快些，但該坐甚麼車去呢？我現在究竟在哪裡？

這樣的地鐵簡直跟「黑箱」一般：人們只知道起點和終點，猶如化學實驗的起因和後果，關於過程卻完全是「？」。

到了目的地站後，看著門牌找地方幾乎不可能。這裡沒有「××街××號」那樣簡單易懂的地址，而永遠是「××區××町×丁目×番地×號」。如果光憑地址看地圖，找到了要去的地方，你保證會贏得本地人的讚揚。

所以，在東京，不僅是計程車司機，連郵差都常常迷路。怪不得，衛星全球定位系統一上市就普及得異常快。

## 個人化地圖

巨大「迷宮」的居民，在腦海裡，都有張個人化的地圖。

比如說，住在目黑、在澀谷上班、晚上約朋友去六本木玩、週末回世田谷父母家去的女職員。她腦海中的東京地圖，大概只包含市區西南部的一塊而已，大約才三十平方公里。對她來說，東京北部的板橋區、足立區等，幾乎不存在一般，簡直跟北海道、沖繩一樣遙遠，一輩子沒有機會去都說不定。

總面積達二千二百平方公里的大都會，實際上是無數張個人地圖拼接、重疊而成的。

所以，你來東京，即使是四天三夜，也最好有一張地圖。

很多朋友從外地、外國來這裡。我總覺得，只要自己有足夠的時間和資源，很想帶他們在我的個人地圖上走走。可是，我現在明白，時間和資源永遠不夠，乃宇宙定理。於是想到寫這一本書，給你當參考。

## 隨身攜帶兩種地圖

大「迷宮」的居民認識方向，不可能憑蜘蛛網般的馬路。反正，市區公路常常堵塞，自己開車或叫計程車總不如搭電車、地鐵方便。於是在東京，最常見的公共地圖為兩種鐵路圖。

第一種是地鐵路線圖，所包含的範圍基本上跟市區界限（東京二十三區）一致；用十三種顏色標誌著十三條地鐵的路線。丸之內線塗成紅色，東西線塗成粉藍色，銀座線塗成黃色，日比谷線則塗成灰色……，這些顏色長期固定，對東京居民特別熟悉。

這張地圖看起來很像電路，乃人們在大都會這個精密機器內部移動時候，必

須理解的一套密碼。除非你經訓練能夠在腦袋裡，自動連接特定的顏色和相應的路線，否則看著圖也很難迅速找到要去的地方，因為車站特別多。

第二種則是地面上設的ＪＲ各線以及各家私鐵的路線圖。東京人認識方向時候用的就是這一種。畢竟，在看不到天空的地下隧道裡，不可能知道東南西北，除非你母親是鼴鼠。天上有了太陽，能看到外景，就好說話多了。

你在東京單獨上街，最好隨身帶有這兩張交通圖。

## 小狗型都市

現在，概說一下東京地理。

東京是一千二百萬人生活的大都會。跟其他國家的首都比起來看，比北京、紐約、倫敦都多出六成以上。

總面積達二千二百平方公里；東西大約有九十公里長，南北則有四十公里寬。本地小朋友學故鄉地理時，老師告訴他們說，東京的地形是「頭在西邊，尾巴在東邊的小狗型」。

市區佔小狗的下半身，以皇居（原江戶城堡）為中心，一共分為二十三個「區」（千代田區、中央區、港區、澀谷區、新宿區……），大約八百萬人居住。小狗軀幹部則為郊區，分成二十六個「市」，人口日益增加中。牠頭部主要是山林；這兒和南方海面上分布屬於東京都的五個「町」和八個「村」。

## 不同特色，不同文化

前邊提到的第二種交通圖，除了「區」部以外，還包括西郊「市」部（用舊地名，亦稱為多摩地區），以及東鄰千葉縣、北鄰埼玉縣、西南鄰神奈川縣。

日本首都圈，往往簡稱為「一都三縣」，指的就是東京都以及三個鄰近縣，總人口達三千萬。看第二種交通圖，就容易理解：從整個首都圈，人們每天搭各條鐵路往中心區——全國政治經濟的心臟部——上班、上學。他們白天的活動主要靠第一種交通圖上的地鐵網。到了晚上，大家又坐四通八達的鐵路回周邊地區去。

雖說一樣是首都圈，但每條鐵路沿線都有不同的居民文化；除了各地獨特的歷史外，另一個原因是各私鐵公司開發了沿線的郊外住宅區，公司老闆當初的想法至今反映在各住宅區的風格上。

比如說，由澀谷向西南通往橫濱的東急東橫線、田園都市線沿線，充滿著明朗、洋氣的中產階級氣氛；因為橫濱是早年的開放港口，好比是日本的上海，外國事物進來得比東京早。至今東急沿線保持著「摩登」的印象，常作流行連續劇的背景。

再北邊一點，由新宿通往箱根溫泉區的小田急線，則有高尚華麗的教育氣氛，因為沿線有成城學園等標榜自由主義的私立學校。同樣由新宿往西的京王線，雖然也有教育氣氛，但是比較而言剛健質樸。

西武新宿、池袋兩條線的形象則低調得多。除了西武獅子隊棒球場和遊樂園以外，沿線沒甚麼特點，主要為學生、單身上班族提供廉價住宿。

至於由池袋往西北的東武東上線，以及由淺草往日光的東武伊勢崎線，在其他地區的東京人看來，是農村人來首都時候利用的鐵路。沿線風氣保守加上土氣，地價、房價也相當便宜。最近，一部分東武列車開始經過地鐵網絡開進東急線軌道上去，由於雙方的沿線文化非常不同，兩邊居民都感到非常彆扭。

這裡提到的東急、小田急、京王、西武、東武各公司，除了辦鐵路、開發住宅區以外，也都經營百貨公司和超市。沿線居民每天在站前超市買東西，週末坐電車到總站逛大樓內百貨公司。

各沿線居民平常利用的商店不同，結果打扮出來的風格也不一樣，因而進一步加強各線生活文化之間的區別。

日本第二城市大阪也有同樣情況。阪神、阪急、近鐵、南海等各私鐵沿線地區的氣氛都非常不一樣，各有各的特色。

## 生於中央線，長於中央線

我的個人地圖上，有橙色的橫線條，乃JR中央線軌道。我的東京是沿著這條鐵路細長分布的。

中央線的起點是東京站，以橫倒S字形穿過市區後，由新宿一直往西到高尾，乃總共有三十二個站的通勤路線。全長達五十三點一公里，其中二十四公里（中野—立川）是用尺畫的一條直線；在全日本是僅次於北海道室蘭本線，第二長的直線鐵路。

日本有首兒童歌曲叫〈鐵路永遠延續〉。中央線的軌道也並不是到了高尾就

結束的，反而是經過甲府、松本等地，一直延續到名古屋去。不過，東京人所謂的中央線，只包含橙色「快速」疾馳的五十三點一公里而已；至於長途列車走的部分，則稱為「中央本線」。

JR是以前的日本國有鐵道（JNR），一九八七年私營化以後才叫作JR。不過，中央線最初也是私鐵公司甲武鐵道，一八八九年在新宿－立川間設的路線，直到一九〇六年才被國有化的。

也許跟早期歷史有關，中央線至今有與眾不同的風格。比如說，出版、影視界很多公司、工作室都選擇設在這裡。江戶時代的官方學問中心地（御茶之水），明治以後繼續吸引了各時代的文化人，二十世紀後半曾作對抗文化的首都，至今保留著波西米亞文化氣息。

我偶然在沿線出生長大，直到今天還住在沿線。每次搭橙色列車往中心區，都從車窗看到三十年前畢業的小學。老公從大阪來了東京，做了沿線居民以後，沿著鐵路搬來搬去，二十多年沒有離開過這條線。

中央線只不過是全東京的幾分之一，我都不敢說有代表性。然而，誰也不能否定中央沿線是個挺有個性的社區，長期居民形成了一種文化族群。

我想在這本書裡給你介紹的，就是中央沿線的歷史、文化、生活。

很對不起，時間和資源不允許我帶著你慢慢走。不過，看了這本書，只要買一張車票，你都應該能夠發現你自己的中央線，個人化的東京。

好吧，我們現在就開始！

contents

# 上車出發！東京迷們……

信濃町
Shinanomachi
せんだがや
千駄ヶ谷
Sendagaya
新宿
Shinjuku
なかの
中野
高円寺
阿佐ケ谷
おぎくぼ
Ogikubo

contents

# 轉往向西繼續前進……

にしこくぶんじ
西国分寺
こくぶんじ
国分寺
Kokubunji
国立
くにたち
Kunitachi
たちかわ
立川
Tachikawa
日野
ひの
Hino
八王子
Hachioji
たかお
高尾
Takao

# 上車出發！東京迷們……

# 起站：橙色列車開進來……

○探訪江戶時代：東京STATION HOTEL、東京STAION GALLERY、皇居東御苑、將門首塚。
○吃吃喝喝：山茶花酒吧、銀鈴廣場地下樓。
○悠閒散步去：青山繪畫館旁、風之散步道、行幸通、江戶城遺跡。

## 第一次，一個人

站在東京火車站第一號月台，等著中央線快速列車開進來，看到對面塗成暗紅色的車站大樓外牆，我總想起小時候很不安的感覺。

那年我大概才十歲。

暑假裡，跟小阿姨一家人一起去房總半島的海水浴場待了幾天。是他們帶我一個人去的；哥哥、弟妹、父母都沒有去。大家坐旅遊巴士回到東京火車站，小阿姨他們要換坐地鐵回自己家去了。我一個人則要從第一號月台搭中央線走。

「不用換車，二十分鐘就會到。你沒問題吧？」

小阿姨擔心地俯身探著我的表情問。

我閉著嘴巴點頭了。雖然心中有點不安，但是不敢說出來，因爲在大人眼裡，我是個穩當可靠的女孩子，怎能辜負人家的信賴？

之前，我已經單獨坐火車，在自己家和姥姥家之間，往返走過幾次了。可是，去姥姥家坐的是綠色車身的山手線和紅豆色的常盤線。至於橙色的中央線，我從來沒有獨自坐過。

「第一次」，「一個人」，是我感到不安的主要原因。但是，還有別的。

那是暗紅色的車站大樓外牆。

看起來相當古老，似乎屬於我沒有出生以前的年代。一九七〇年代初，東京早已開始現代化，新蓋的摩登大樓到處都是。然而，那外牆可不同，好像是打仗時期留下來的。

我對戰爭的知識，大部分來自母親回想自己的孩提講的悲慘故事。她是在被美軍空襲弄成廢墟的東京長大的，飢餓、孤獨、暴力、恐懼充滿著她對幼年的回憶。

不知怎地，暗紅色外牆讓我聯想到最可怕的經驗。

一九七〇年代初，日本媒體經常警告，東京附近不久要發生大地震。科幻小說家小松左京寫的《日本沉沒》成了暢銷書。

好像車站大樓外牆的暗紅色起了催化作用。母親講的故事和電視新聞播放過的消息混在一起，產生了奇怪的形象。

看著血跡一般的顏色，我有幻覺：橙色列車沒有離開東京站以前，大地震就發生，我跟好多人一起在這兒喪命，家人大概也會死。今生今世，我們再也不能團聚了。

幻覺歸幻覺。

火車隆隆地開進來，我跟別人一起上車，安全順利地回家去了。

## 一個愛之物語的地方

我第一次讀到東京STATION HOTEL，是森瑤子的愛情短篇集《HOTEL STORIES》裡。這家飯店非常特殊的位置和設計，給我留下了極其深刻的印象。

森瑤子寫：這是火車站附設的西式旅館，從客房窗戶看得到剪票處、月台和不同的旅客去長途旅行之前的種種表情。她也說：這家飯店是好多年以前用紅磚頭蓋的，古色古香，挺有風格。

當時，我在海外漂泊中。身在遙遠的北國小鎭，一個人躲於整天開暖氣的公寓房間，忽視外頭刺人的空氣，看著同胞女作家寫的華麗殘酷文章，在我腦海裡，紅磚頭的東京火車站飯店有了非常清楚的輪廓。

大都會潛藏處一般的位置，不僅爲小說提供有趣的背景，而且特別符合森瑤子寫的讓單身女人耽溺的婚外情故事。

大學畢業不久就離鄉背井的我，對東京的理解，一方面，停留在模糊的幼年記憶階段。另一方面，在外國熱中看難入手的日文書，分不清事實和虛構的故事色彩，難免越來越濃厚。

然後，我又搬去亞熱帶的大都會，偶然認識到一個日本小伙子。爲了看他而飛回家鄉，第一次踏進東京 STATION HOTEL 時，已經三十多歲了。

## 山茶花酒吧

好多年沒到過的東京火車站大樓，繞了地球回來看，原來是英國維多利亞時代新文藝復興式建築。

我們下了中央線，從第一號月台搭扶手電梯到一樓，就看見古色古香的紅磚頭上用白石頭做的可愛裝飾。好比是淑女禮服上繫的絲帶，眞漂亮。

出乎預料之外，在凡事以先進為快的東京，中央停車場卻保留著前世紀的遺物。我自己小時候曾專愛過新的一切，對於過去的亡靈反而怕得要命。好多年在地球不同的角落待過以後，方發現了古董的美感。

小伙子帶領我走出剪票處，馬上由旁邊門口進入了深紅色天鵝絨和金線飾帶閃亮亮的飯店大廳，再上樓梯，到裡頭的酒吧「CAMELLIA（山茶花）」去了。

山茶花，在西方人看來很有東方味道的。我記起曾收到過以「茶花小姐大鑑」開頭的英文來信。

「不錯吧？」

我點頭同意。以樹的內部作為設計很有歐洲古典味道。站在馬蹄形櫃台中間的酒保，年紀不小不大，說話不多，但特別懂得調酒也很會侍候，總而言之非常專業。

## 暗紅色的建築繃帶

後來，我正式搬回日本生活，常有機會到東京火車站了。關於它，本來七零八落的記憶和知識片段，花幾年工夫，慢慢開始相連起來。原來，人生是天然的七巧板。

紅磚頭火車站是一九一四年完成、開業的老建築物，乃國家指定的重要文化財。最初在丸之內南北兩出口有拜占庭式的豪華圓頂，可惜在第二次世界大戰末期的空襲中，受到了嚴重的破壞。

爲了趕快修復，當年的國有鐵道工程師把本來三層樓的站房改成兩層樓，也在瓦解的紅磚頭上砌了灰漿，並塗上了暗紅色油漆。只是當作應急措施而已，誰料到，六十年後的今天仍舊是那個樣子。

使十歲的我極其不安的暗紅色外牆，果然是戰爭破壞的痕跡，血跡鮮明的建築繃帶。

不僅如此，那之前，紅磚頭的東京火車站也發生過原敬首相謀殺案（一九二一）、濱口雄幸首相狙擊案（一九三〇）等幾宗血腥事件。

我驚訝地發現：少女的直覺竟沒有錯！

東京STATION HOTEL：千代田區丸之內一丁目九番一號。電話：03-3231-2511。http://www.tshl.co.jp。東京STATION HOTEL建立於1914年，全幢建築使用八百九十萬塊紅磚建造而成，是大正時代經典的代表建築。

## 到此一遊的小說家們

至於東京 STATION HOTEL，比火車站晚一年開業，至今佔著紅磚頭大樓的南邊約一半。

據說，種種檯面下的政治交涉曾在這裡進行過。紅磚頭老建築始終散發著祕密氣氛，顯然有歷史原因。

天眞的小孩會害怕，可是有些大人倒會被箇中之美所吸引。尤其是藝術家。酷愛這家飯店的作家，森瑤子並不是第一個。

諾貝爾文學獎得主川端康成於一九五〇年代長期住在三一七號房間，透過玻璃窗戶俯視著丸之內南出口剪票處的人流，寫出了小說《女身》。至今有書迷自日本全國而來，指定該房間想要逗留。

推理小說大師松本清張，也是同一時期的常客，躲在客房裡完成了《點與線》。不必說，兩部作品都以東京火車站爲重要背景。

哥德式偵探小說家江戶川亂步的作品世界，跟東京 STATION HOTEL 的氣氛特別合適。在他的代表作裡，主人翁明智小五郎就在這家飯店與死敵怪人二十面相展開殊死鬥爭。

## 紅薔薇和巧克力

紅磚頭東京火車站一直沒有拆掉改建，如今卻有具體的復原計畫，全歸功於市民團體多年來很熱心的活動。

「愛護紅磚頭東京站市民會」成員中包括著名建築家、作家、音樂家、演員等，但是基本性質很草根，日常活動以女性爲主，所採用的手段也相當女性化。例如，每年二月十四日的情人節，一些成員就帶紅薔薇和巧克力訪問站長以及負責官員，請願保護老建築。

過去幾次，具體的改建計畫被提出過，都是從商業主義出發的，跟女性們純愛老房子的心正面衝突。她們要維護文物以及東京的景觀。

雖然沒有大資本，但是日本歐巴桑富有機智和活動力，每次以軟性手段成功地阻礙了大集團的計畫。比方說，她們舉行站內音樂會、寫生會、「我的東京站」作文活動、設計圖展覽會等，一次又一次地喚起了廣大市民對這火車站的關懷。

丸之內中央出口邊，紅磚頭房子靠北的一部分，今天作爲「東京STATION GALLERY」對外開放。很多美術愛好者異口同聲地說是全東京最可愛的畫廊。這也是女性們的活動留下的具體成果。

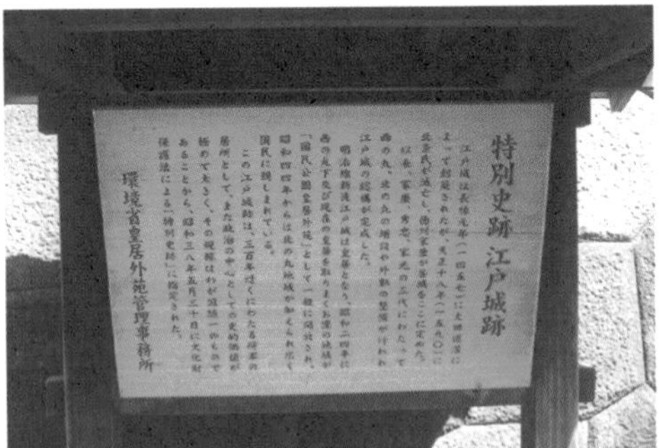


**Tōkyō**

(上)雅子妃噴泉位於田倉公園，為紀念天皇結婚所建造的。
(下)江戶城址歷史的說明片。

兩個展覽室的牆壁為原物老磚頭。在史蹟般環境裡能鑑賞美術品是著實難得的經驗。在二樓的咖啡廳，能喝到一杯好咖啡，也能買到紀念咖啡豆，更能透過圓形小窗戶望到綠油油的皇居森林。對面好寬的一條路就是「行幸通」了。

## 公主的家

紅磚頭東京火車站直接面對著皇居，即日本天皇和皇后的住所。其實，當年建設中央停車場的重要目的之一，乃為了天皇提供坐火車去訪問全國各地之方便。

從外邊看站房，正中央有「閒人勿進」的小廣場式停車場，就是皇室成員專用出入口，裡面則設有貴賓室。天皇和皇后每次到外地去，都先從皇居坐汽車，通過四百五十公尺的「行幸通」到這裡，然後由普通人看不到的祕密通道上月台去的。

好神祕。

不過，並不是每一個皇室成員都是那樣。

天皇的閨女紀宮清子公主發表婚約時，她平時的生活也被介紹過。熱愛小動物的公主在一家鳥類研究所做兼任研究員。每個星期兩次上班時，都帶親手做的便當去。下班以後，偶爾跟同事們一起去居酒屋。散會後，公主自己坐地鐵，直到皇居外面的二重橋站，然後徒步回家去。

如今皇族的生活也跟過去不一樣。結婚後的清子公主單獨去超市買菜。但是，始終沒有一般人多的自由。例如，公主訂婚的消息被傳播以後，沒有正式發表以前，她和未婚夫好幾個星期都不能相見面，免得被狗仔攝影記者發現。

好在今天有手機和網路。想像三十多歲的大齡公主在皇居的私人房間裡，拚命動大拇指給未婚夫寫 e-mail，可憐是可憐，但也眞有趣。

## 皇太子妃的噴水公園

東京有幾條非常美麗的散步道。例如，青山繪畫館前邊，兩邊種著銀杏樹的一條路。或者從三鷹車站到井之頭公園的「風之散步道」。其中，最有高貴氣氛的，不外是從東京火車站到皇居的「行幸通」了。不僅車道與人行道都相當寬，而且被指定爲美觀地區，周圍沒有礙眼的廣告牌和電線。

位於丸之內出口前面左邊的高層大廈就是日本最有名的辦公大樓「丸之內BUILDING」。後面一條街開了些歐洲名牌店和咖啡廳。

這一帶，二十世紀初曾俗稱「一塊倫敦」，一百年以後則在進行「曼哈頓化計畫」。建築材料有磚頭和水泥之區別，高度也很不同了。但是，給人的感覺始終很西洋。

皇居外苑和田倉休憩所：電話： 03-3214-2286 。午餐十一點到一點半。下午茶三點到四點半。晚餐五點半到九點，全為法國菜套餐，要預約。

沿著「行幸通」再走一段，就到「江戸城遺跡」的解說牌。和田倉門附近的風景，既有松樹又有日式城堡建築，彷彿武士統治的時代，日本得很。兩者的對比，其實，非常東京。

在這兒回頭看，紅磚頭車站顯得非常壯麗。有位建築家說，「行幸通」兩端，紅色火車站和綠油油的皇居面對面，是東京唯一的巴洛克空間。看了一眼就體會到是甚麼意思了。

到了和田倉公園，在八點五公尺的大噴泉邊坐一會兒爲好。這是本來爲了紀念天皇結婚而建造的（一九六一年），後來皇太子結婚時候重新裝修過（一九九五年），一般稱爲「雅子妃的噴泉」。她的自由度似乎沒有小姑子大，今天恐怕不可能一個人來這裡看噴水了。

很可惜。因爲這裡的景色眞的特別棒。尤其公園內附設了餐廳以後，成了東京新人擺喜宴的當紅地點。從每個座位都能看到噴泉和皇居森林。平日中午的自助餐價格很合理，下午則提供茶點。

## 世界最大的空虛

皇居前廣場很大，比北京天安門廣場還要大。處處種有松樹，地面上鋪著白色圓石頭，看起來很漂亮，走起來特吃力，大概是爲了不讓舉行大規模活動的緣故。

羅蘭・巴特曾說過，東京的中心有空虛，指的是無邊無際，如今呈現原始森林狀態的皇居。前邊的廣場雖然有人工化美感，但是缺乏任何公共活動。這裡是世界最大的空虛，而非西方意義的廣場。有禪味。

坐旅遊巴士來的遊客會直接到二重橋前邊拍集體照去。單獨遊客不如往相反方向，沿著鴨子、白天鵝、麻雀飛來的護城河，經過PALACE HOTEL，一直走到大手門，到「皇居東御苑」參觀江戶城遺跡去。東京市區風水最好的地方，一定值得。

## 平將門傳說

從大手門出來過條馬路，左邊有三井物產公司的總部大樓。隔壁有個小廟，乃「將門首塚」，附近公司職員不停地來拜。

平將門是公元十世紀的武士，在關東地區逐漸獲得大權力，甚至發動起義，自稱「新皇」而宣布獨立（史稱「天慶之亂」）。最後被捕，在京都河邊被砍掉了腦袋。據傳說，他腦袋在空中飛行幾百公里，竟然回到故鄉關東來了。落地點爲當時的「芝崎」，今「將門首塚」所在地。

附近居民埋葬了平將門腦袋，可是天崩地裂不斷發生，使民心動搖至極。於是神田神社（又稱神田明神）住持祭祀平將門靈魂，不要他繼續作祟了。日本神道有祭祀敗軍之將的傳統，主要出於對怨靈的懼怕，乃東洋所謂的「御靈信仰」。

平將門落頭地：現東京都千代田區大手町一丁目一番一號。

在「將門首塚」內的介紹牌說：平將門發動起義的時候，中央政府派來的官員非常腐敗，人民生活特別艱苦，因而老百姓對當地出身的平將門抱有很大的期待。後來，他遭逮捕被處刑，人們懷念已故英雄，乃主動建立「將門首塚」的。

三百年以後，經戰國時代眾軍將之間的激烈鬥爭，德川家康統一全國，在江戶開了幕府。為了進行大規模工程，把明神遷到外神田地區去，之後當作地主神，一貫給予支持。江戶人普遍把平將門當作「鋤強扶弱的關東英雄」。加上幕府以公費支援神田明神，可以說他成了江戶最重要的「御靈信仰」對象。

神田明神早遷址，「將門首塚」卻仍然留在原地。據傳說，過去幾百年，每次企圖動它都發生可怕事件，如有人受傷、死亡等。到底屬實還是屬迷信無法判斷。總之，人們一直爲平將門舉行安魂祭是歷史事實。附近公司也爲了迴避冤魂作祟，命令職員定期參拜。

根據平將門傳說而寫的文學作品相當多。其中，荒俣宏於一九八七年問世的《帝都物語》爲總發行量三百五十萬本的超級暢銷書，曾轟動一時。

去「將門首塚」參觀的人至今不斷。有關網站也不少。其中，很多都警告不要拍攝墓碑或倒上清酒（日本人掃墓時候常見的行爲），免得惹禍。可見「御靈信仰」在日本影響力多麼大。

離開東京站以前，建議到「銀鈴廣場」地下一樓候車處。展覽著人頭大的鈴，很特別。旁邊有義大利式咖啡吧。對面有賣紅豆沙餡的東京甜點「鯛燒」，熱騰騰地眞好吃。

# 第二站：先來填飽肚子吧！

吃飽喝足的美食極道：蕎麥麵、咖啡、炸饅頭、雞肉鋤燒、鮟鱇火鍋。

悠閒散步去：萬世橋、靖國通。

## 老東京口味

橙色中央線快速一離開東京站，兩邊就看到機關公司的灰色大樓。

我喜歡左邊窗外，紅字標誌的東京國際郵政局。每次看到都一定想起，好多好多年以前，這世界還沒有網路以前，爲了跟全球旅行中的朋友聯絡，寄航空信到各國首都的國際郵政局去，c/o Postmaster。

細長而周圍有藍紅斜條，印著 PAR AVION 的航空信封，好久沒看見了。當年，它顯得多麼好看，比普通信封高人好幾等似的。

一過首都高速公路都心環狀線，窗外景色馬上變化。密密麻麻數不清的中層大廈上，看到各種各樣的廣告牌：餐廳、酒吧、小鋼珠店、便利店、高利貸、英文學校……

已經到了皇居美觀地區外。這兒是小職員上班的地方。很快，列車將停在第一個站神田了。

東京—神田之間的距離，才一公里多而已。但是，兩個站附近的氣氛，可以說正相反。

跟官派丸之內不同，神田自從江戶時代一貫是老百姓生活的地方。鍛冶（鐵匠）町、乘物町、紺屋（染藍坊）町等，車站附近的地名顯示這裡曾經有各行匠人的工作間。

你若對老東京口味感興趣，請一定在這裡下車，因爲有「神田食味新道」，乃特級老字號食肆集中的地區。

## 「橫綱」級老饕

由神田火車站北口出來，往前（西北）走三百公尺，經過須田町一丁目紅綠燈後，繼續往前走一段，左邊的三角地，就是神田食味新道了。

沿著大馬路靖國通往左（神保町方向）走幾步，有十九世紀中明治初年創業，現在由第三代老闆經營的蕎麥麵店「松屋」。這兒是已故歷史小說家池波正太郎曾常光顧的地方。

池波是日本文壇上特有名氣的美食家，能夠跟谷崎潤一郎相比的「橫綱」級老饕。他非常喜歡神田須田町、淡路町一帶（舊地名爲連雀町），因爲這裡在第二次世界大戰中沒有遭到空襲，至今保留著好幾家老字號食肆，在東京市區算是奇蹟般的例外。古老的木造房子充滿魅力，所供應的飯菜又特別正宗，讓現代人品嘗到十九世紀東京的口味。

一九二三年在東京淺草出生的池波，小學一畢業就在日本橋茅場町的股票行當了徒弟，十幾歲開始跟夥伴一起來連雀町享口福。他當年常光顧，並留下了不少人生插曲的館子，大多仍然在經營中。

舊地名連雀町，取自「連雀」，即藤製背包，乃古時商人爲了運輸商品而用的。顯而易見，今天的神田食味新道兩百年前是藤匠集中的地方。

松屋（Matusya）：神田須田町一丁目十三番地。

連雀町這地名，今天在東京西郊三鷹市也有。一九二三年關東大地震發生時，房屋塌下來非得往郊區搬走的老居民，出於懷念，將新住所命名爲連雀町。可見，他們對故鄉神田的感情多麼深。

## 老字號蕎麥麵店：東京人的點心

池波曾在一本書裡寫過：「著名食肆附近一定躲藏著一家好店。」他愛光顧的松屋就是好店的例子。至於著名食肆，則不外是北邊兩條街上的神田藪蕎麥了。

跟普通民房般的松屋不同，「藪蕎麥」是有圍牆，有大門，有庭院的大舖子。每天正午，好多輛黑色高級轎車送主人來用餐。

著實壯麗，但是，千萬不用給嚇壞。畢竟，這兒是自從江戶時代老百姓居住的神田，而且蕎麥麵是江戶——東京人的點

神田藪蕎麥（Kanda Yabu Soba）：神田淡路町二丁目十番地。

心。也許有人嫌吃不飽，但價錢卻貴不到哪裡去。

說實在，若你在東京只吃一次蕎麥麵的話，藪蕎麥是最好的選擇。既能吃到美味，又能享受到江戶文化的精粹。藪蕎麥的牌子，你在日本各地都看得到。然而，總字號有東京幾家而已，其中「神田藪」又是最有名的一家。

單獨旅客也不用怕，因爲蕎麥麵店是日本人要獨自吃飯時候的首選。顧客中單獨客人並不少。而且這裡有英文菜單，跟日文的對照看，應該不難自己叫菜的。日本蕎麥麵店是大白天都可以喝酒的地方。尤其坐在環境這麼好的館子裡，不喝太可惜了。不妨先叫一樽清酒（七百三十五日圓。有一百八十毫升，帶小碟醬菜當下酒菜）。慢慢喝著看庭院風景，感覺定會滿好。

這家店的老闆娘，跪坐在收款處，傳達客人點過的菜給廚房聽時，用歌舞伎演員說台詞般的特殊發聲。眾夥計送客人同時喊出「謝謝光臨」也頗像在演古典群像戲。看起來眞有趣。

至於主食，還是非得吃招牌「蒸籠蕎麥麵（Seirou soba）」，乃冷麵沾佐料吃的。一份六百三十日圓。有些人叫兩、三份。反正，吃多少也吃不飽。但是，那爽快的口感，吃過了一次，保證一輩子也忘不了。

近江屋洋菓子店（OmiyaYogashiten）：神田淡路町二丁目四番地。
松榮亭（Shoeitei）：淡路町二丁目八番地。

## 風流甜品店

不知怎地，白天飲酒容易喝醉。由藪蕎麥出來，能休息一會兒的地方，有兩個選擇。

要想喝咖啡的話，對面就有「蕭邦」，彩色玻璃好浪漫，整天提供濃郁咖啡。要走和風路線，則可以去南邊一條街上的「竹村」。

竹村賣的都是日式甜點，其中炸饅頭（四百三十圓）爲池波正太郎推薦的佳品。

在他寫的通俗歷史小說裡，這樣的甜品店不是女人小孩去的地方，而是好色男人帶紅顏知己去休息的風流場所。猶如在一些國家「理髮院」是風化店的別名，在舊時江戶，「紅豆湯舖」擁有時鐘飯店的功能。

不過，那是好久好久以前的事

竹村（Takemura）：神田須田町一丁目十九番地。

牡丹（Botan）：神田須田町一丁目十五番地。
伊勢源（Isegen）：神田須田町一丁目十一番地。

了。今天光臨竹村的，很多是正經的中年池波書迷；當年的曖昧風氣早就沒有了。

神田食味新道另外有雞肉鋤燒店「牡丹」、鮟鱇魚火鍋店「伊勢源」等專賣老東京風味的館子。

還有，十九世紀末創業的西式點心店「近江屋洋菓子店」，以文豪夏目漱石都曾吃過的「搔揚（kakiage）」即炸肉餅聞名於世的和式西餐店「松榮亭」等，均是可愛老舖子。

你來這裡，不用事先打電話訂位，不如在小巷裡，隨便走走看看，慢慢決定先去哪裡，然後要到哪裡。

神田食味新道簡直就是老東京風味的主題公園。強在它不是後人特地設計的，而是歷史自然留下來的。

喜歡美味和懷舊氣氛的人，絕不能錯過了！

現在，你走回神田站繼續坐中央線？還是渡過萬世橋，往秋葉原

蕭邦（Shopan）：神田須田町一丁目十九番地。

電腦OTAKU城去（五分鐘）？或者由松屋一直沿著靖國通，經過滑雪板店街，往神保町書店街去（大約十五分鐘）？

你的東京散步，已開始上個人軌道了。

# 第三站：身在異國之境

- 體驗異國風情：東方正教堂、日本拉丁區、古典樂器街、山之上飯店。
- 吃吃喝喝：綠街上的LUNCHEON老字號啤酒屋。
- 悠閒散步去：御茶之水橋、聖橋。

## 變化的開始

中央線在神田和御茶之水之間的一段，頗有城市過山車的感覺：既有海拔變化又有方向轉變。

神田是中央線車站當中，下町平民氣息最濃厚的地方。位於台地上（山手）的御茶之水恰巧相反：從江戶時代到現在一貫作整座城的學問中心。從下町到山手，火車也要爬山的。

中央線軌道在東京站和中野站之間，畫著橫倒

御茶之水地名由來的紀念碑。

九十度的S字，而御茶之水站正位於頂點。火車一離開神田，鐵路就慢慢開始畫曲線。列車在爬山的同時轉彎兒。車窗外的景色變化，果然特別可觀。

在拐著彎兒往西的路上，我們先向至此平行走的其他路線揮手告別；東北新幹線、山手線等列車，都往正北開走。同時，檸檬色車身的總武線慢車，從東邊千葉縣方向開過來，開始跟中央線快速並行而走（直到西郊三鷹）。

突然間，兩邊窗外全是塗成灰色的商業大樓了。這兒就是聞名於世的秋葉原電器一條街。

軌道要急轉彎兒了，列車帶乘客爬上山手台地。由高架鐵道看，在遙遠的下邊，神田川的水慢慢向東京灣流過去。從前方右邊的隧道開出來的是銀色車身紅色帶子地鐵丸之內線。

景色不停地迅速變化。忽而，四圍是綠油油的溪谷了。

列車已經到達御茶之水車站。

## 東京最美麗的一座橋

御茶之水的地名，取自附近曾經有的泉水，滾滾湧出的味道特佳，用來爲德川家康將軍泡茶而得到好評。如今在車站西出口對面派出所邊有紀念碑。

從繁華的神田鬧區，才坐幾分鐘的車，就到達御茶之水美麗溪谷，感覺猶如奇蹟一般。實際上，神田川是十七世紀初（日本江戶時代早期），爲了防止海邊窪地洪水而開鑿的運河；這裡的景色完全屬於人工的。

跟著德川家康從駿河國（現靜岡縣）來江戶的家臣們，土木工程結束後，在神田川南邊住下來了，因而這地區至今叫作駿河台。

直到十九世紀末，神田川南北邊仍沒有橋梁相連接，是山谷挖得太深之故。今天，御茶之水火車站蓋在遠眺神田川的山崖上，兩個出口均位於橋邊：東邊有聖橋（Hijiri-bashi），西邊則有御茶之水橋（Ochanomizu-bashi）。從神田過來，先看到的是聖橋。講歷史，御茶之水橋的建設倒在先。

御茶之水橋是明治二十四年（一八九一年）完成的。當年算是首都新地標，多數市民特地過來參觀過。其中包括如今在五千圓紙幣上的女作家樋口一葉。據日記，有一晚，她和妹妹吃完了晚飯之後，雙雙由本鄉菊坂（現東京大學附近）的住家散步過來，站在橋上賞了月亮。

至於聖橋，有很多東京人說是全城最美麗的一座橋。一九二七年完成的摩登拱橋名稱，由市民推薦而決定，乃取自河北湯島聖堂和河南尼古拉堂的。前者爲孔廟，後者則爲東方正教堂。

## 青春有檸檬的味道

十六歲的我曾站在聖橋上，默默地凝視過下邊開的火車；橙色的中央線和檸檬色總武線，還有銀色紅帶丸之內線。以深綠色的樹葉和褐色混濁的河水為背景，顏色鮮明的列車轟隆隆運行，看起來極像小男孩的玩具。

我腦海裡老響著一首叫〈檸檬〉的時代曲，是創作歌手佐田雅志的。他當年發表一系列借用小說標題的曲子。〈檸檬〉則是梶井基次郎的著名短篇小說改編的。

主人翁抱著憂鬱的心情去丸善洋書店，一手抓著很像手榴彈的一顆檸檬。他患有肺病，好久沒到大學上課。丸善是學問和高級藝術的象徵，他曾憧憬不已也經常光顧。現在卻精神上受刺激，煩惱至極。忽然間，主人翁想起個惡作劇來。他用圖畫集築成小山，把檸檬放在頂上，然後悠悠離開了。

小說背景是京都的丸善。但，御茶之水也有家分店，就在火車軌道南邊，兩座橋中間。對面更有建築系學生愛光顧的畫材店叫作檸檬畫萃；當年附設茶座，我常跟一批同學一起去討論書本、戲劇。

時代曲〈檸檬〉的主人翁站在聖橋上，把一顆檸檬用力往下邊軌道扔過去。

**Ochanomizu**

聖橋稱之為江戶最美麗的一座橋。

我也恨不得那麼做，由於年輕時候的焦慮和煩躁。

青春是人的一生中最傷感的季節。用味覺做比喻便是「酸」了。酸的饅頭？sentimental。日本人說，青春有檸檬的味道，酸裡帶苦。

多年後，我聽說侯孝賢影片「咖啡時光」裡重複出現這個地點。不知侯導曉不曉得〈檸檬〉？

## 湯島聖堂：著名的文教區

御茶之水是東京最有名的文教地區，附近有好幾所大學，其歷史可追溯到江戶初期。

一六三〇年，德川幕府於神田川北邊昌平坡開設了官方學問所和孔廟，稱爲湯島聖堂。昌平坡的地名取自孔子的故鄉山東曲阜。

明治維新後，學問所改組爲師範學校。傳授近代知識的新型學校陸續在附近開辦，其中包括東京大學的前身開成學校、國立東京高等商業學校（現一橋大學）、東京外國語學校（現

梶井基次郎所寫的《檸檬》。
檸檬畫萃：千代田區神田駿河台二丁目六番十二號檸檬大樓。

東京外國語大學）、私立明治、中央、日本、法政、專修各法律學校（後來均發展爲著名綜合大學）等等。

江戶末期的一八五一年幕府成立的西方學問研究所「蕃書調所」本來位於九段下；當年求先進學問的讀書人紛紛從各地而來。駿河台下建立了多所西式學校以後，兩地中間的神田神保町地區逐漸形成了全國最大的書店街。

今天，御茶之水火車站北邊的幕府學問所舊址有了東京醫科牙科大學，隔壁有以眼科著名的順天堂大學。這附近的高等學府眞不少。沿著中央線軌道往秋葉原的昌平坡上，仍舊有孔廟湯島聖堂。如今作民間文化設施，還傳授四書等中國古籍。老樹繁茂的院落很安靜舒適，乃散步休憩的好去處，白天對外開放，參觀免費。

## 東方正教堂：間諜的情報基地

從御茶之水火車站聖橋口出來，右邊看到半球形淡綠色屋頂很奪目的尼古拉堂（Nikorai-do），正式名稱爲東京復活大聖堂，建造於跟御茶之水橋相同的一八九一年。尼古拉堂是日本最大的拜占庭式建築，也是政府指定的重要文化財當中最古老的石頭建築。

一八六一年，東方正教會尼古拉大神輔從俄羅斯被派到北海道函館總領事館，後來在日本各地開展了傳教活動。最後，他以東京駿河台的拜占庭式大聖堂爲根據地。

俄國人奠基的耶穌教會，在一百多年的歷史中，曾受到過迫害。尤其，第二次世界大戰時期，幾乎所有西方人都被懷疑是特務。

誰料到，二十世紀後半冷戰末期，蘇聯間諜案被揭發，俄國特務和日本合作者交換資料的地方，就在尼古拉堂後邊的坡道上。他們大概以爲在俄羅斯人常出現的地方工作不會引起別人的注意，結果對無辜的宗教人士添了天大的麻煩。該案件雖然跟教會無關，但也加強了尼古拉堂在東京人心目中的神祕感。

## 尼古拉堂的聖誕彌撒

有一年聖誕前夕，我一個人去尼古拉堂參加彌撒。那是我平生第一次進東方正教堂。白色牆壁和金色裝飾，彩色玻璃和暗色宗教繪畫都很華麗。

快到午夜的時候，彌撒開始了。穿著長袍的神父中，有日本人也有洋人。參加彌撒的信徒中也是日洋人士參半。

在圓頂下，圍繞著祭壇，大家擠擠地站住。神父說教的詞兒和信徒們合唱的歌兒，在昏黑的圓形教堂內多次反射。很快，整個地方都充滿了回聲和回響。雖然一點也聽不清楚，但是宗教感覺特別強烈。

忽然間，我的頭部感到劇痛。似乎某種力量從圓頂直下降，使勁壓著我頭頂。好比是受了緊箍咒的孫悟空一般，我抱著腦袋當場就蹲下來了。看到牆邊有簡便的椅子，好不容易走過去，終於要坐下來的時候，穿著牛仔褲的小伙子一手扶住女朋友從另一邊來，命令我說：「有人不舒服呢，你讓座吧！」

他們倆像是來湊熱鬧的遊客，而並非信徒。看一看，那女孩跟我一樣地抱住自己的腦袋，痛苦不堪的樣子，顯然也受了緊箍咒。在聖誕前夕的東方正教堂內，跟別人相搶座位也不是滋味兒，我果斷站起來，一個人走出去了。

到了外面，我的頭疼一下子就消失。天空高處看見了特別明亮的圓月。被月光照著，尼古拉堂的圓頂顯得奇蹟一般地美麗。月光透過彩色玻璃射進教堂內去。

〈航至拜占庭〉，我哼唧著愛爾

神祕的東正教堂──尼古拉堂。

蘭詩人葉慈的詩，往午夜的御茶之水車站一個人走過去。

## 日本拉丁區：革命、學運

拉丁區是巴黎塞納河左岸的大學區，世界性學運爆發的一九六〇年代末，曾成爲左派學生的解放區，而御茶之水車站附近，當年俗稱「日本拉丁區」。

自己沒出生以前的事情，純粹是歷史，或者說是故事也好，似乎不大存在信不信的問題。自己出生以後的事情則不同，有時反而怎麼也不能相信。

一九六八年，我是新宿區立淀橋第四小學的一年級兒童，從大人嘴裡常聽到大學生鬧革命鬥爭，連德文單詞 gewalt（暴力）都很耳熟了。當時，御茶之水車站附近所謂「日本拉丁區」是重要戰地之一；東京大學、日本大學、明治大學、中央大學等的學運分子和警察機動隊之間，幾次發生了激烈武鬥。派出所給放了火，學生們投擲燃燒瓶和剝下來的鋪路石，警察則用催淚彈反擊。

「駿河台上的警察個個都拿著鐵盾，坡道下的學生們很多都受傷流血。鋪路石沒了，那裡的路眞不好走。但是，我得到神田川對岸上課去的，就匆匆走過去了。」一個年長的朋友對我說。我搖頭表示不可理解。激進派學生正在鬧武力革命的時候，逍遙派同學卻好比看到了車禍一般，完全以「與我無關」的態度走開，怎麼會？

比我大八歲，那年中學二年級的作家森檀在一篇文章裡回想六八年的情景寫：「我到御茶之水的基督教女青年會游泳，回來的路上，空氣彌漫著催淚瓦斯。我眼睛本來就因爲游泳池中的氯氣發紅，眼淚催出來以後，更無法收拾了。母親告訴我，那邊危險了，最好繞道而走。」簡直是避開灰塵多的建築工地一般，根本沒有緊張的感覺。

看來，當年的學生運動，雖然具有世界性，但是對普通東京市民的影響始終不大。

我上中學，開始出沒於御茶之水的時候，學運季節早已過去。只有「日本拉丁區」的名字還偶爾會聽到。七〇年代的東京年輕人，大家都是逍遙派，一律對政治敬而遠之，聽到「日本拉丁區」也並不知其所以然，只是覺得洋氣好聽而已。就像今天的房地產廣告說：「學校集中的御茶之水，文化藝術氣氛濃，於是有日本拉丁區的別名……」大錯特錯！

## 樂器街

御茶之水有樂器店一條街。駿河台坡的十幾家樂器店中，最有名的是一九三七年創業的下倉樂器。馬路兩邊有總店和二手店，以及小提琴專門店。

中學時候，常聽著廣播做功課，青年節目的贊助公司中就有「御茶之水下倉樂器」。我當年熟悉的音樂，只有流行歌曲和搖滾樂。彈著吉他唱英文歌曲，在我們心目中是非常酷的行爲。受哥哥的影響，我彈過吉他和貝斯，還做過樂隊鼓手。那些樂器是在哪裡買的呢？已經記不清了。但大概不是在下倉樂器。「御茶之水下倉樂器」是著名老店，我們在廣播上聽到名字就非常憧憬，也被嚇壞，不敢親自進去的……

我專門聽英美流行歌曲和搖滾樂，因爲哥哥告訴我：「The Beetles是全世界最偉大的音樂家。」至於古典音樂，他則用「臭！」的一句否定掉了。

在日本，西方古典音樂很有階級性。唯有資產階級買得起鋼琴、音樂會門票，能接觸到巴哈、貝多芬的。我家屬於勞動階級；姥姥彈著三弦唱日本民歌，父母跟著爵士樂跳交際舞，我們則搞搖滾樂，始終跟古典音樂沾不上邊。

就是因爲沾不上邊，我其實心中更加嚮往古典音樂的。高中班裡有個男同學是音樂老師的兒子，從小練鋼琴。他外貌、爲人都沒甚麼特別，然而每次看到他雙手的細細指頭，我都想像人家演奏古典曲目的場面，心臟直噗通噗通地跳起來。

多年後，我結婚的對象喜歡古典音樂。他會彈鋼琴、吉他、二胡等多種樂器，其中最令我陶醉的非小提琴莫屬。

聽說，小提琴的形狀是模仿著女人身體而做的。也許是那個緣故，男人拉小提琴，給人的印象極其浪漫、性感。我雖然對古典音樂的造詣幾乎等於零，但也特別喜歡坐在旁邊傾聽他練小提琴。

有一年，他小提琴的盒子用壞，要去買新的了。我陪他坐中央線，在御茶之水站下車。駿河台坡兩邊的樂器店，仍舊以弦樂器爲主。馬路右邊的近江兄弟社大樓二層，有下倉小提琴社。我連賣吉他的總店都不敢進去，何況是小提琴專門店，不由得心臟噗通噗通地跳了起來。

哎呀！整個舖子內，全是女人身體形狀的小提琴，像琥珀一般地發亮著，實在美麗極了，猶如西洋王宮。他告訴我，在慶應大學交響樂團拉小提琴的時候，經常跟夥伴們一起來買弦兒、松香等。

當他選購盒子的時候，有位小姐在隔音室試拉著樂器。我逛逛店

著名老樂器行——下倉樂器。

內，看價目標籤，嘆口氣。這裡的東西都很貴很貴，光是小提琴盒子的價錢，就買得起一把還不錯的吉他。那小姐在拉的樂器是歐洲的百年古董，價錢幾乎是天文數字，輕鬆超出普通上班族的年薪。

隔著玻璃看她側影，我心裡重新充滿對古典音樂的嚮往。同時，我也想起了小時候常嘗到的階級悲哀。

## 山之上飯店：文化流派的山間旅店

白天在御茶之水駿河台坡走來走去的，很多是明治大學的學生。他們的校歌，開頭就唱：「白雲飄搖駿河台」。明大是所謂「東京六大學」之一；其他五所則是東京大學、早稻田大學、慶應大學、立教大學和法政大學。

位於駿河台坡邊的中央校舍「自由塔（Liberty Tower）」，乃紀念學校創立一百二十周年而蓋的。總共二十三層高，簡直聳入雲霄。十七樓有學生食堂，景色絕佳。

從「自由塔」上面的狹窄坡道走上去，對面就看到藝術裝飾派設計特別壯麗的「山之上飯店（Hill Top Hotel）」，乃日本文人最鍾愛的一家旅館。

三島由紀夫、遠藤周作、山口瞳等好多著名作家都曾經在這裡長期居住並從事寫作。大廳一角有張書桌，旁邊的櫃子裡，除了各類詞典以外，就收藏著在這家飯店出生的多部文學作品。由出版社出錢，關在山之上和式房間寫作，曾是一流作家的證明。對書迷來說，更是名副其實的文學聖地了。很多鄉下的文學愛好者，希望有一天來到東京，能逗留於山之上。推理小說家森村誠一以《人證》出名之前，曾在接待處工作過，大概也是對山之上的憧憬所致的。

山之上飯店離御茶之水車站走路才四分鐘，地點非常方便，環境又很清靜。一樓的酒吧、地下二樓的葡萄酒廊，均常有日本出版界人士出入。

從御茶之水火車站往神保町書店街一帶，是老字號中餐廳集中的地方。其中，富士見坡的漢陽樓是中國總理周恩來年輕時候常光顧的舖子。

說到周恩來，留法的印象更深刻，但是天津南開中學畢業以後，十九歲的他先來到日本留學，在御茶之水學生區待過兩年。他就讀的東亞高等預備學校位於現在的神田神保町二丁目二十番地三號，在老人中心旁邊的愛全公園內有紀念碑（從神保町紅綠燈往水道橋車站，神保町二丁目巴士站往左拐進去的巷子內）。

二十世紀初的東京曾有過中國留學生潮。一九〇五年，清朝廢止了科舉制度，想要吸收先進學問的年輕人紛紛來到對俄戰爭勝利後不久的日本。革命運動的重要人物也集中在東京。同一年的旅日華人留學生總數達到了一萬。

他們首先到東亞高等預備學校、弘文學院等專門接受華人的學校去補習日語，其中多所位於東京的文教區御茶之水。周圍，爲學生們服務的中國餐廳也逐漸多起來，其中幾家至今經營。當年的中國留學生會館亦設在駿河台。魯迅的短篇小說〈藤野先生〉中有幾行描述。

## 百年歷史神保町舊書店街

走下駿河台坡到靖國通，左邊是滑雪板店街（賣滑雪板的 VICTORIA 特有名），右邊則是書店街了。雖然這些年，新宿、池袋也開了大型書店，但是東京書蟲最看上眼的，還是神保町的三省堂、書泉 GRANDE、東京堂等書店。

這裡也有聞名於世的舊書店街。在靖國通南邊，大約一公里的範圍內，一百多家舊書店鱗次櫛比，其中不乏美術書、英文書等的專門店，年輕老闆新開張的舖子也不少。

神保町舊書店街的歷史超過一百年。夏目漱石於一九一五年發表的《心》裡，主人翁就來這兒溜達溜達，翻翻門外擺的進口書。

我過去最常去的是鈴蘭通的兩家中文書店：內山書店和東方書店，前者是魯迅在上海常去的書店戰後遷至東京的。創辦老闆內山完造的名字，對魯迅讀者很熟

Ochanomizu

(上)漢陽樓(Kanyo-ro)：千代田區神田小川町三丁目十四番地二號。
電話：03-3291-2911
(下)山之上飯店(Yamanoue Hotel)：千代田區神田駿河台一丁目一番地。電話：03-3293-2311。http://www.yamanoue-hotel.co.jp/。創始人吉田俊男所經營的山之上飯店被稱作「文化人的賓館」。

LUNCHEON：千代田區神田神保町一丁目六番地。電話：03-3233-0866。

悉。現在，通過網路書店買外國書易如反掌。我的大學年代，卻只好到神保町找的。

書店街附近，有特色的食肆很多。小巷裡邊的SABOURU、LADORIO等咖啡店，老得像古董一般，乃帶書去歇腳的好地方。

我選好了書以後去的，則是靖國通北邊，通稱「綠街（GRUNE ALLEE）」的老字號啤酒屋LUNCHEON，在書泉GRANDE的斜對面，賣浮世繪的東洲齋隔壁，有戴白帽的大肚子廚師像，就是招牌。看著櫥窗裡的蠟製食品模型，請上樓梯到二樓。

LUNCHEON創業於一九〇九年，最初沒有名字，大家就稱呼「駿河台的西餐廳」。後來，常客中的東京藝術大學生提議說：「沒有名字很不方便，起名爲LUNCHEON如何？」老闆不通外文，不知道LUNCHEON是甚麼意思，還是答應下來，採用爲正式店名。

這家啤酒屋是小說家吉田健一（首相吉田茂的兒子）生前的至愛。他發明的「牛肉派（Beef Pie）」至今在菜單上（開胃菜部門）。當初是愛吃燉牛肉的吉田，爲了邊喝啤酒邊用手吃，叫廚師特製的。據傳說，他在駿河台中央大學教英國文學的日子裡，總是先到LUNCHEON坐一會兒，叫杯紅茶，把大量白蘭地倒進去一口氣喝下，之後悠然不迫地上課去了。

今天，中央大學已搬去郊區，調皮的作家也不在了。老字號啤酒屋卻仍然健在，爲愛逛神保町的文學迷提供午飯的好去處。客人當中，彷彿吉田的老文人也不少。坐在玻璃窗邊，喝著生啤酒慢慢翻書，偶爾觀察對面書店街上走來走去的人們，感覺差不多是閱讀家的樂園。

C H U O L I N E

# 第四站：東京的威尼斯

◎享受水上時光：後樂園、運河咖啡廳、皇居外壕、市谷魚類中心。
◎悠閒散步去：水道橋、外壕公園。

## 水上的橙色列車

東京的前身江戶是比得上義大利威尼斯、中國蘇州的水城；既有城壕又有運河，水上路線四通八達。一八六七年出生的夏目漱石，晚年寫的散文集《玻璃窗裡》中回想孩提道，當年他姐姐從早稻田的住家到淺草看歌舞伎，是由飯田橋坐船過去的。今天，在中央線列車窗戶外，就看得到那條航線。

橙色火車離開御茶之水站以後，到

達四谷車站以前，軌道旁邊差不多一直都有水道。御茶之水、四谷之間，其實有三個站：水道橋、飯田橋、市谷，均由檸檬色車身的總武線慢車服務。

如果對窗外景色發生興趣，不妨換坐總武線或者徒步，在東京水邊散散步。

## 後樂園

由御茶之水到水道橋，在軌道北邊走路，一直看到神田川河水，乃一段滿不錯的散步道。水道橋的 TOKYO DOME CITY，是巨蛋體育場、遊樂園、SPA 和觀光飯店等綜合的娛樂設施。

我小時候曾叫作「後樂園遊園地」。東京還沒有迪士尼樂園的日子裡，小孩子星期天跟父母去玩，平生第一次坐過山車的地方，要麼是後樂園，或者是豐島園了。

水城的回憶——車窗外的水路。

不過，更難忘的是十八歲的冬天，跟男同學一起去的一次了。十二月底，多雲

後樂園：文京區後樂一丁目六番地六號，門票日幣三百圓。

的一天，東京的氣溫大概沒有到十度。但是，剛交往的緣故，不好太多意見，還是按照原定計畫到了遊樂園。果然，裡頭空盪盪，沒甚麼遊客的。

我早就跟他說好親自做便當帶來。但是，當時根本不會做飯的。只好用買來的麵包做了簡單的三明治。冒著北風，兩人坐在長凳子，打開迪士尼花樣的午餐盒，把冷冷的三明治放進嘴裡去，乾巴巴地很難吃下……

後樂園，本來是十七世紀初，將軍的親戚德川賴房、光圀父子在江戶住宅裡建設的中國式庭院。光圀深受明學者朱舜水的影響，按儒家思想設計了後樂園。裡面有西湖堤、渡月橋、蓮花池等充滿著中國想像的景點多處，總面積達七萬平方公尺。如今作為「東京都立小石川後樂園」，每日白天對外開放。

## 運河咖啡廳

飯田橋位於神田川和皇居外壕相交之處。火車站附近至今有「神樂河岸」的地名。這兒就是漱石的姐姐上船的地點。從十七世紀到十九世紀，由江戶灣對岸的下總國（現千葉縣）方面運糧食、蔬菜、海鮮過來的小船，在神樂河岸卸貨，為陸上居民供應了生活用品。

直到二十世紀初，東京仍有水上居民。據老年人的回憶，那些人住的木造船，甲板上晾著洗好的衣服，常常停泊於神樂河岸附近。通過水面上的薄霧，偶爾傳來船民小孩子們玩耍的笑聲。

美麗的水城風景消失，乃一八九五年，日本頭一條電化鐵路甲武鐵道在飯田町—中野之間開通的時候。當年的飯田町站在於今天的飯田橋和水道橋兩個站中間。東京近代化的過程，同時也是鐵路代替水路的過程。

我長大的一九六〇、七〇年代，還有些老太太從千葉線坐電車運蔬菜、糧食到東京西部住宅區來，挨門挨戶地直接銷售。現在回想，那些行商的老太太說不定是船民的後代。水路不能通行以後，改坐電車繼承家業的……

曾經好多貨船來往的神樂河岸，現在變成了飯田橋站以及綜合性大樓中心廣場。車站西口對面有神樂坂，乃兩邊小店擁擠的繁華區，通往漱石山莊所在地早稻田。

過了飯田橋站，軌道旁邊的水道是皇居外壕了。這兒是日暖風和之際，情侶們來划小艇遊樂的地方。東京水上俱樂部自從第二次世界大戰前，已經營八十多年之久。

最近，這裡也開了家露天咖啡廳叫作CANAL CAFE，既能喝飲料又能用餐。夕陽時候的風景最好。春天櫻花盛開的日子裡，坐在水邊賞花也挺不錯。有些新人

Iidabashi

(上)過去貨船停泊的地方——東京水上俱樂部。

(下)CANAL CAFE：新宿區神樂坂一丁目九番地。電話：03-3260-8068。營業時間：上午十一點半到晚上十一點，週一休。

在這兒擺喜宴，穿上純白婚紗的新娘跟新郎一起坐船由水面登場，頗得與會者的喝采。然後，放煙火慶祝，眞是喜氣洋洋。

## 在城市中釣魚

從飯田橋，經過市谷，到四谷站，中央線軌道一直沿著外壕走。兩邊林立東京理科大學、法政大學、BRITISH COUNCIL等文教機構。

右邊窗外的商業大樓個個都有特別搶眼的招牌，爲了給火車乘客看。隔水遠看，頗有water front的感覺。

左邊窗外則是長達二點五公里的外壕公園，歷史追溯到德川家第三代將軍家光統治日本的日子去。當時政權基礎很穩定，家光的爺爺家康開始的江戶城堡建築工程終於完成了。

後來，堤岸上一路種了櫻樹。每逢春天，外壕公園成爲二點五公里的櫻花隧道。好多東京居民結伴而來，地上擺著蓆子邊吃邊喝賞花賞水，場面熱鬧至極。

市谷車站旁邊有收費釣魚池叫「市谷魚類中心」。工作日的大白天，即使是下雨天，都有好多日本太公們安閒自在地釣魚，讓中央線乘客目瞪口呆。大都會中心區竟然能夠釣魚？頗出乎意料之外。不過，想想東京一百五十年以前曾是水城江戶，居民生活跟河水本來就特別親近的。

市谷魚類中心經營收費釣魚池和熱帶魚店。釣魚池分金魚池和鯉魚池，聽說釣上鯉魚特別難。還有一池專爲女人小孩開放。這裡一年四季都無休。每天總有不少男女老少來。釣魚用品有出租的，可以空手去，費用也不貴。總之，忙中有閒，充滿道家感覺。

東京
神田
御茶ノ水
水道橋
飯田橋
四谷
信濃町
中野
高圓寺
阿佐谷
荻窪
西荻窪
吉祥寺
三鷹
武藏境
西國分寺
國分寺
國立
立川
日野
八王子
高尾

# CHUO LINE

# 第五站：從地下進入王室殿堂

○進入王室皇居：赤坂離宮、國家迎賓館。

○悠閒散步去：四谷車站→聖伊格那修教堂→上智大學。

## 東京凡爾賽宮

四谷火車站的設計有點怪。ＪＲ的月台上邊建設了地鐵丸之內線的月台。所以，中央線列車停在四谷，外邊總是昏黑黑……

我還沒到巴黎參觀凡爾賽宮以前，已經在東京看過了。那就是位於四谷火車站南邊的國家迎賓館，原名叫作赤坂離宮。

赤坂離宮是一九〇九年建設的日本第一個歐洲式王宮，總面積達十一萬七千平方公尺。

開進王宮地下的丸之內線。

凡爾賽宮一般的新巴洛克式非常華麗。本來作爲皇太子（後來的大正天皇）夫妻的居所。經過裝修，一九七四年，翻身爲國家迎賓館了。被政府邀請來日本的外賓，很多都住在這裡，跟高官、皇室成員見面，也參加宴會。有時，條約簽署儀式亦在此進行。

從四谷火車站走到旁邊的若葉東三角公園，就看見日本凡爾賽宮的正門。外國遊客坐的大型巴士偶爾開過來，在正門前邊停一會兒馬上又開走。此外，幾乎沒有人影，安靜極了。

我小時候被父母帶到這裡來，很難相信自己的眼睛，因爲這樣的建築，之前只在西洋兒童書裡面看過，從來沒有親眼看見過。現在站在正門外，還是被不可思議的感覺所襲。

遙遠的東方國家日本的首都，怎麼會有凡爾賽宮？黑頭髮、黑眼睛、黃皮膚的皇太子夫妻住的地方，怎麼會跟馬利．安推涅特的一樣？答案是很清楚的：因爲我們的近代是模仿西方的過程。換句話說，舉國去做假洋鬼子。從凡爾賽宮

東京的凡爾賽宮——國家迎賓館。

到迪士尼樂園，從上到下一直做下去。

## 耶穌會大本營

四谷站另一邊，有天主教耶穌會的日本總部聖伊格那修教堂，以及耶穌會學辦的上智大學。

耶穌會傳教士是日本人十六世紀接觸的第一批西方人。然而，日本政權後來長期禁止國民信仰外國宗教，並推行「鎖國（海禁）」政策，全國的信徒受了很多年的殘酷壓迫。

西方傳教士重新登陸於日本，乃十九世紀後半，明治維新以後的事情。最初來的美國基督教團體在東京等地開辦了多所學校。天主教耶穌會則在二十世紀初，由德國分部派來了一批傳教士，其中多數有曾在印度、中國等東方國家工作的經驗。

一九〇五年於原武士宅第開辦的上智大學，當初只有十五名學生，現在增加到一萬人了。在一百年的歷史中，開始的四十年，上智大學的師生吃的苦頭很不少。當年日本推行軍國主義，西方文化遭排斥。戰後，隨著世界的日益全球化，上智大學的名氣越來越大。如今在眾多私立大學當中，享有僅次於早稻田、慶應的第三名地位，尤其英文系特難考進。

耶穌會歷來很重視教育而頗出名，目前在二十八個國家，經營一百一十四所學校。日本上智大學的學生裡，具有國際背景的相當多。例如，香港出身的歌星陳美齡初來日本時，就讀於上智大學國際部。

我曾在溫哥華發現有家日文書店叫作索菲婭書店。進去問老闆店名來源，他說：「可不是索菲婭畢業的緣故嗎？」索菲婭是上智大學的英文名字（SOPHIA UNIVERSITY）。其實，「上智」這校名本來就是意味著「睿智」的希臘單詞譯成日文而起的。

索菲婭畢業生當中，在海外發展的人著實有很多，包括我當年在多倫多的老闆也在內，說不定跟耶穌會教育有一定的關聯。

## 四谷大塚：補習名校

從四谷車站，經過聖伊格那修教堂，到上智大學的一段路，是我十歲、十一歲的時候，每星期天上午都一定來回走了一趟的。上智的校舍週末就租賃給補習學校，而我是爲了準備私立初中的入學考試，上四谷大塚補習學校的小學生。

四谷大塚當年算是補習班中的名校，選拔考試特別難。小學班裡頭三名的孩子才能考上四谷大塚，而按照每學期的成績，所屬的班會上去也會下來。四谷大塚的班別分得非常細。記得在我們四谷教室上面還有中野教室，而每個教室又分為上中下三等。我屬於四谷教室的最低一等，也就是整體的第六等。已經記不清下面還有多少等了。總之，清楚地被排列起來，除了屬於最高一等的幾十個同學以外，其他人都有自卑感，雖然大家都是小學班裡的頭三名內學生。

現在回想都很氣悶。每個星期天，從四谷車站，經過聖伊格那修教堂，走到上智大學的孩子們，個個都像被送到屠宰場的牲口一般。上午的三個鐘頭，開始的九十分鐘是考試，接下來九十分鐘由老師解說我們剛解答過的問題。那些問題模仿國立、私立名校的入學考題。根據每週的成績，同學、家長能預測大概考得上哪一水準的學校。

很糟糕的是，四谷大塚每週發布成績優秀者名單。第一頁、第二頁登載的，自然大多是中野教室的同學們。如果四谷教室有同學名上排行榜，那個人大概在下學期要轉到中野去

耶穌會大本營——伊格那修教堂與上智大學。

了。

從四谷車站，經過聖伊格那修教堂，到上智大學的路，我總共走了來回一百趟。最後，參加三所中學的考試，結果全都名落孫山。從十歲到十一歲，每個星期天，我總共做一百次的牲口，受到的污辱，根本是白受的。

長大後，我才發覺，其實很多私立中學都讓校友子弟優先入學，接著是願意做高額捐款的家長子弟，根本不是公平競爭的。我父母都不是私立名校出身，也不懂幕後的遊戲規則，結果白花了兩年補習班的學費以及私立中學的考查費。

如今，日本的小孩人口越來越少，升學競爭卻越來越厲害。很多家長把小學一年級才六歲的小朋友，送去參加四谷大塚每週每週的考試。除了嘆長長的一口氣以外，我實在沒話可說了。

## 王宮地下的隧道

四谷車站附近的城壕早填平，今天作上智大學運動場。站在種有櫻樹的堤岸上，除了各項目的學生運動員以外，還看得見對面的國家迎賓館。日本凡爾賽宮後面的一片森林，乃赤坂御用地，包括皇太子一家住的東宮御所以及其他皇族的宅邸。

從御茶之水，一路沿著神田川和皇居外壕的水開來的中央線和總武線，到了這裡就從地面上消失而進入地下隧道去。站在堤岸上，清楚地看得見，隧道挖在迎賓館正下面。連地鐵丸之內線的隧道也是。

幾輛列車同時開進巴洛克式王宮地下去的場面，實在很特別。你下次在東京稍有時間，不妨站在四谷堤岸上看一看。

CHUO
LINE

# 第六站：運動場上的青春

◎運動好去處：神宮球場、秩夫宮紀念橄欖球場、東京體育館。
◎悠閒散步去：外苑之森、新宿御苑。

## 城市中的森林

離開四谷站以後，往國家迎賓館下面消失的中央線列車，很快又出現在地上，開始跟首都高速公路新宿線並行。以高樓大廈爲背景，電車跟汽車並走的鏡頭，充滿城市的感覺。

經過專由檸檬色慢車服務的信濃町站時，左邊窗戶外，隔著高速公路可看到「明治紀念館」的牌子以及後面鬱鬱蔥蔥的森林。

明治紀念館是很著名的婚禮場地，位於皇

從列車上可看到城市森林與明治紀念館。

太子宅邸正對面，名氣特別大。我妹妹看上了漂亮的庭院，就在那裡擺了喜宴。不巧那天從早下雨，我們只能隔著落地玻璃窗觀看美麗的草坪。

後來，她婚姻沒有維持多久，總令我想起那天被雨水弄濕的美麗草坪。

明治紀念館後面的森林，則是東京人所謂的「外苑之森」。

祭祀明治天皇的「明治神宮」位於原宿，距離信濃町車站往西大約兩公里。建完神宮後，跟著要造的「外苑」，則定爲中央線的信濃町和千駄谷兩個車站中間了。

一九二六年完成的「神宮外苑」本來是適合於散步的普通公園；後來，隨著時代風潮之改變，逐漸發展爲綜合運動公園了。先有了橄欖球場和棒球場，之後有了冰球場、游泳池和國立競技場，爲六四年的東京奧運會提供了競賽場地。現在，還有網球場和高爾夫球練習場。

## 神宮球場

說到神宮外苑，很多東京人就想到棒球場。這兒是職業棒球養樂多燕子隊的

明治紀念館後方的外苑之森。

根據地，每年舉辦多次球賽。東京六大學棒球隊的對抗賽亦在此進行。

我小時候，第一次被父親帶去看棒球賽的地方就是「神宮球場」。大概跟賣養樂多的阿姨要了幾張免費票的，父親帶哥哥和我去，三個人坐在「外場席」看了晚間球賽。

當年的外場席，其實沒有座位也沒有蓆子，只是薺菜繁茂的野地而已。我們沒有帶蓆子去，只好直接坐在地上。褲子吸取土地的水分，屁股周圍越來越潮濕，我根本沒有心思看球賽了。

上了大學以後，則每年要去神宮球場。這回是跟一批同學在一起，要觀看傳統的「早慶戰」。早稻田大學和慶應大學之間的棒球對抗賽，對兩校的同學們來說是一年裡最大的活動之一。

大家不僅看比賽、鼓勵球員，還要齊聲唱早稻田的校歌〈首都西北〉和助威歌〈蔚藍的天空〉。至於敵隊慶應的校歌和助威歌，我們故意把歌詞兒換成滑稽的內容而唱。

競賽完了以後，早大的學生紛紛往新宿，慶大同學們則去銀座，大家都要喝酒、胡鬧到深夜、凌晨。在新宿歌舞伎町，總是有幾個早大學生醉醺醺地跳進噴水池裡，遭到警察叱責。那是上世紀八〇年代的青春，野蠻得可以。聽說，現在的學生們相對文明多了。

## 橄欖球場之戀

神宮外苑內另有「秩夫宮紀念橄欖球場」。秩夫宮是昭和天皇裕仁的弟弟，聽說生前好動，長年維護了體育活動。大多東京人早已不知道秩夫宮是誰，卻對紀念他的橄欖球場很熟悉，因爲那兒是很多愛情開始的地方。

橄欖球的季節是冬天。聖誕、元旦假期在外苑舉行的橄欖球賽，對東京的大學生來說是冬季戀愛的代名詞。互相不熟但印象不錯的男女學生，第一次約會如果在冬天，那麼就要去橄欖球場了。

兩個人並肩坐著看球賽，免得面對面地感到尷尬。齊聲爲同一隊助威，慢慢產生同心合力的感覺。最關鍵是東京的冬季相當冷，坐在外頭看球賽會凍死人的。如果中途開始下雪就最好不過了，因爲互相靠近取暖，都顯得完全自然。

跟棒球的「早慶戰」一樣，橄欖球的「早明（治）戰」也是歷史悠久很有傳統的對抗賽。然而，跟動員全校學生的棒球賽不同，橄欖球賽是只有被異性同學動員的人才去的。不知爲何。總之，我沒有那個福氣，雖然在大學待了前後六年，但是連一次都沒看過橄欖球賽。

## 東京小巴黎

神宮外苑總面積大約有一平方公里。其中大部分被體育設施佔領。想想這兒當初是表彰明治天皇功績的地方，現在顯得有點古怪。

今天，唯一保留初期目的之「聖德紀念繪畫館」，裡面常年展覽著關於明治天皇生涯的多幅大壁畫，能買票參觀。可是，老實說，絕大部分東京人從來沒進去過，包括我本人在內。我們一聽到繪畫館，反而想起館前夾道的兩排銀杏樹。

「繪畫館前銀杏林蔭道」乃東京秋天幾大名景之一。人行道兩邊種了總共一百四十六棵銀杏樹，雖然不很多，但是採用透視法，以繪畫館的建築為中心，從高到矮順序排列而產生的視覺效果眞不俗。

每年到十一月中旬，左右兩邊的銀杏樹葉全變黃，一張一張地隨風飄悠的樣子，實在美麗極了。難怪很多連續劇攝影組紛紛到這裡來。東京情侶們也特地來散步、拍照、談情說愛。

我婚前也跟未婚夫到過一次。手拉手踏著銀杏葉慢慢走的感覺特浪漫。林蔭道另一端面臨時髦商店集中的青山通，路口有家餐廳在外頭也擺些座位，說得上是東京裡的小巴黎。

東京體育館室內游泳池：上午九點到晚上九點，大人六百日圓。
奧林匹克游泳池：中午到晚上九點，大人五百五十日圓，隔週星期二休息。

## 東京體育館

回到中央線軌道，信濃町的下一個慢車站是千駄谷。車站對面有巨大的體育館，是東京的小孩子們去游泳的地方。

大概是小學五、六年級的時候。我和幾個同學各跟母親要了一點零用錢，坐車來到千駄谷的東京體育館。五十米長的游泳池，比學校的大很多，我們好興奮地玩水半天。

上來以後，就在池邊小賣部買點東西吃當午餐。當時的日本小孩子很少有機會在外面自己買東西吃，對我們來說，這一次機會特難得。該買美國香腸好，還是買碗烏龍麵好，大家都考慮很久。最後吃了甚麼，已記不起，卻清楚地記得那考慮過程多麼甜蜜快樂。

東京體育館室內游泳池至今全年開放。你若要在東京游泳，這裡和原宿的代代木奧林匹克游泳池是兩個不錯的選擇。

千駄谷車站的北邊有鬱鬱蔥蔥的森林，乃規模比神宮外苑還要大的「新宿御苑」。不同於人們印象中的「東京沙漠」，這座城市有很多森林，其中多數跟皇家有關。

新宿御苑：早上九點到下午四點，門票大人兩百日圓，週一以及年底、年初休息。

新宿御苑的前身，是江戶時代諸侯之一內藤氏的宅第。說是宅第，實際上是一大塊領土，今天的新宿區，當年有五分之一是屬於內藤家的。明治維新以後，其中的一部分（約五十九公頃）劃爲皇家農場；第二次世界大戰以後，作爲國民公園對外開放。

每年四月，日本首相邀請幾千名賓客，在這裡舉行觀櫻會。新宿御苑曾經是全國植物學研究的中心地，春天的櫻花、秋天的菊花都聞名於世。

雖然名叫新宿御苑，但是離新宿車站有點距離；坐檸檬色慢車在千駄谷下車，不走幾步就到了。

## 庄司薰：東京永遠的象徵

日本有位小說家叫庄司薰，一九三七年在東京出生，六九年以《小心，紅帽子（The Litte Red Riding Hood）》獲得了芥川獎。該部小說主人翁跟作者同名，乃高中剛畢業的小伙子。「庄司薰」和男女朋友們展開的青春故事，繼《小心，紅帽子》之後，還有《聽不到白天鵝之歌》、《再見，怪傑黑頭巾》、《我喜歡的藍鬍子》共四本，均以新宿爲背景，特受當時東京年輕人的歡迎。

小說家庄司薰曾在社會上享有明星地位。我中學時候的男老師，好幾個都老穿著黑色反摺高領毛衣，就是學他的。至於男同學們，則個個都認同於小說中的「庄司薰」，直到七○年代末村上春樹登上了文壇，他們找到新的認同對象爲止。

庄司薰的夫人是著名鋼琴演奏家中村紘子，今天在樂壇上還相當活躍。然而，小說家丈夫已經很多年沒有發表作品。他早年的書也幾乎被忘記了。

可是，跟七○年代的中學生聊天，偶爾有人提到庄司薰和他筆下的主人翁。其實，大家都記得青春時候曾熱中看的小說。第一本《小心，紅帽子》的輕鬆文筆當年很有衝擊力；不過，同一系列的最後一本《我喜歡的藍鬍子》也特別令人難忘。尤其，在作品末尾，主人翁深夜溜進新宿御苑，遠眺新宿摩天樓夜景的場面，對我來說，永遠是東京的象徵，青春的結晶。

# 第七站：回到八〇年代

◯走進神祕巷弄：燒鳥橫丁、思出橫丁、武藏野館街。
◯吃吃喝喝：中村屋、Racontez、船橋屋、綱八。
◯悠閒散步去：圓照寺。

## 第一次看到電動廣告牌

我長在新宿區柏木五丁目、四丁目（現北新宿四丁目、三丁目），離新宿火車站大約一點五公里，木造房子集中的住宅區。大人走路才二十多分鐘的距離，對小孩子來說卻跟無限一樣遙遠。

JR新宿站北邊有座巨大的高架鐵路橋（日文俗稱「大GIRD」，乃英文girder-bridge的簡稱），上面設著中央、總武、山手、埼京各條線的電車軌道，下面則是汽車疾馳的大馬路青梅街道，整天噪音嗡隆隆。聞名於世的歌舞伎町鬧區在於鐵路橋東邊，西邊則是東京市政廳等摩天樓林立的所謂「新宿副都心」，南邊有西武新宿線車站以及時鐘飯店集中的地區。

上世紀六〇年代的東京夜晚，比現在昏黑很多。記得每當我睡不著覺，父親總開車帶我去新宿。從柏木住宅區出發，沿著小瀧橋通一直開過去，沒有幾分鐘就會到達高架鐵路橋西邊了。

當年設置於大GIRD對面大樓屋頂上的啤酒廣告牌特有名；不同於普通的霓虹燈，是好多小燈泡組合而成的，從下到上好多燈泡同時開上去的樣子，很像眞正的啤酒在起泡！

那是連彩電都還沒有普及的年代，更不用說如今到處都是的大畫面電視機了。東京人第一次看到電動廣告牌，興奮至極。

而我呢，不知怎地，一坐汽車就打瞌睡的。所以，每次跟父親說好要去看啤酒廣告牌，後來總是很快就進入了夢鄉。儘管如此，我對大GIRD邊那眞實一般的活動招牌，至今印象特深刻。也許是當年被父親開的汽車搖動著，夢裡重複看見過

今日新宿的「思い出横丁」，原來叫作「小便横丁」。

的緣故。

## 黑市時代

新宿街頭的變化非常大。一九八〇年代末有的電腦中心、KTV、歐洲名牌店、小鋼珠遊戲店、藥房等，現在鱗次櫛比。然而，有些地方卻完全保留著更早以前的一九四〇年代，第二次世界大戰剛結束後不久，新宿還是大黑市時候的氣氛。

比如說，大GIRD西邊的兩條小巷：鐵路軌道下的「燒鳥橫丁」和人行道對面的「思出橫丁」，都是比攤子大不了多少的迷你食肆、酒館集中的小路。其歷史追溯到戰爭末期，東京被美軍空襲化爲灰燼的日子去。

即使是我的大學年代，那裡已經散發著跟周圍環境隔絕的特殊氣氛。整個城市逐漸復興，破爛小屋陸續被新蓋大樓代替的日子裡，此地偏偏拒絕改建，主要是當初非法佔領了土地，特難弄清權利關係的緣故。

今天的「思出（回憶）橫丁」，原來叫作「小便橫丁」的。狹窄小巷兩邊密集著好多廉價酒肆，醉客絕大部分是男性，其中藍領階級又居多。我偶爾走過就聞到一股臭氣，說不定眞有些人喝醉了酒後隨便在路旁小解的。

記得有一位上司對我講過小便橫丁的故事。他說被朋友帶領第一次去那裡，果然吃到了好稀奇的東西。

「你知道是甚麼嗎？是牛鞭！」

如果是現在，我一定會說人家性騷擾。當年卻只吃驚目瞪口呆，說不上話來了。

幾年前，小便橫丁發生火災，面臨了存亡危機。誰料到，好多常客稀客從全國各地來捐款，紛紛遊說這條小路簡直是文物，非得保護不可。結果，保留著黑市時代的整體結構，表面上進行裝修，順便改名爲思出橫丁存活下來了。

至今，每天從早上開始，有很多藍領、白領人士，擠坐在思出橫丁的小店櫃台前，要麼喝酒或者吃飯。有時還看到中年婦女大白天來這裡單獨傾杯飲酒的場面，大概不是正當行業的。

雖然如今比從前乾淨得多，似乎聞不到那股臭味了，但是我在這些小巷一貫只有匆匆走過的份兒，從來沒有坐下來喝過酒，更不用說吃過「你知道是甚麼」了。

## 中村屋：文化沙龍麵包飄香

新宿東口，紀伊國屋書店斜對面，有家麵包店叫中村屋。一樓賣麵包和西點，地下是咖啡廳，二樓到五樓都設餐館。我曾在海外漂流的日子裡，每次回到東京來約朋友見面，地點一定在中村屋。因爲其他店會新開張、遷址、關門，只有老字號中村屋很可靠，始終在同一地點十年如一日地營業著。

中村屋創業於一九〇一年，本來在本鄉東京大學對面。如今在日本到處都有的「奶油麵包」之發源地，就是本鄉中村屋。八年後，搬到新宿東口，老闆相馬愛藏、黑光夫妻跟美術界、文學界、戲劇界人士廣泛交際，中村屋被稱爲文化沙龍。來日本的外國文化人也跟相馬夫妻結識來往，其中包括目盲的俄國詩人愛羅先珂（魯迅有篇散文紀念他）、印度獨立運動家波斯（娶了夫妻倆的女兒俊子）等。

相馬黑光是充滿激情的文學女性，著作有《默移——回想明治、大正文學史》，傳記有宇佐美承寫的《新宿中村屋相馬黑光》。她從外國朋友學來的異鄉風味在店裡供應，讓東京人接觸到外國食品。例如，愛羅先珂教她的羅宋湯，波斯傳授的印度咖哩等。黑光自己也積極到外地旅行並研究當地食物，結果進口歐洲巧克力，出售中式包子、月餅，中村屋都是日本第

中村屋：新宿區新宿三丁目二十六番地十三號。

一家。

至今，一到中午就有繫圍裙的小姐從中村屋出來，在門外賣咖哩炸麵包和俄國式炸肉包子。日本各地的麵包店都有的咖哩炸麵包，原來源自中村屋，顯然是受俄國式炸肉包之啓發而成的。換句話說，咖哩炸麵包是相馬黑光和白俄詩人、印度獨立運動家來往的成果。

如果光吃麵包填不飽肚子，四樓Racontez餐廳每天從上午十一點到下午四點提供咖哩自助餐，包括甜點、飲料，一人費用爲一千五百七十五日圓。吃著咖哩慢慢回顧新宿的二十年河東二十年河西，不亦樂乎！

## 魔法配鏡師

有一年，我從多倫多搬去香港，中途在東京停留三個星期，輪流地見些老朋友，地點多在新宿中村屋地下咖啡廳。那天，因爲時間有點早，我先到紀伊國屋書店逛一逛，然後想想還可以去甚麼地方。

「你雙眼，很辛苦吧！」

忽然間，我聽到有人說。原來，我無意間站在一家眼鏡店的門前，跟我說話的人顯然是配鏡師。紀伊國屋大樓我來過無數次，以前卻沒意識到一樓有家眼鏡

Racontez：電話：03-3352-6164。

店。

我雙眼，從小確實很辛苦。母親老說我斜眼看電視。但是，從正面看吧，很難調整左右兩邊視野的。母親也說過，我這種眼睛叫作「倫巴黎」，乃一隻眼看倫敦，另一隻眼看巴黎的意思。

小時候，驗過幾次光，配過幾次眼鏡，但是始終沒有多少幫助。配鏡師把鏡片換來換去問道：「這樣子更清楚嗎？還是剛才的好一點？」使我頭昏腦脹。我當時的心理狀態恰似被警察逼迫招認的嫌疑犯。對自己的眼光越來越沒信心，唯一的希望是人家早一點放我走。

成人以後，自己去眼鏡店，情況也沒有改善多少。我總覺得人家給我配的眼鏡不大對。但畢竟是「倫巴黎」嘛，恐怕沒治的……

「你雙眼，很辛苦吧！」

多麼體貼的一句話。趕忙抬頭找話者，原來說那句話的先生，年紀大概五十上下。我開始跟他說話，不僅因爲他那句話碰到了我心中很嫩的地方，而且對方的雙眼明顯有斜視，比我的「倫巴黎」嚴重得多。

「你沒用過稜鏡片嗎？可以試一試的。」

他讓我坐下，馬上戴上了一副眼鏡。

哎呀！難道他使了魔法？我的兩個眼球，好比從左右兩邊被輕輕地壓住了一般。之前老往倫敦、巴黎飄過去的兩個視野，這回牢靠在一處固定下來了。

「怎樣？不同了吧？仔細驗光後，效果會更好呢！」

活到三十多歲，我才第一次碰見了能信任的配鏡師，當場決定叫他爲我配副眼鏡。他技術之高是驚人的。小小的店裡，看起來設備也並不齊全。然而，沒多長時間，他就驗出來我雙眼的詳細狀態。

「你右眼是近視，左眼是遠視，很不平衡而導致了斜視。再說兩邊都有散光，不戴適當的眼鏡，生活太辛苦了，何況做個讀書人？」

貌不驚人的初老先生，怎能如此正確地診斷出我眼睛的毛病？同時也似乎看透我走過來的人生道路？之前的三十餘年，沒有一個驗光醫生、配鏡師能指出我左右兩眼的不平衡，又是怎麼一回事？

那天配的眼鏡大大地提高了我的生活品質量和工作品質。如果沒有它，我不可能後來寫書維生很多年的。而且實在配得特好特準，戴了十年都不需要做調整，直到這兩年老花預兆開始出現爲止。

我還以爲如今驗光醫生、配鏡師的整體水準應該比從前高了許多，所以隨便去了家附近設備最齊全的眼科醫院要配新的眼鏡。誰料到，雖然設備是先進齊全的，醫生是在專門大學有多年研究經驗的，但是那位女醫生和配鏡師兩個人成一對，把我的眼睛驗來驗去，都不能正確地掌握究竟有甚麼毛病，令我心理狀態越來越像被警察逼迫招認的嫌疑犯！一點也不像新宿紀伊國屋大樓那家眼鏡店的初老先生，一眼就看透我半輩子嘗盡的苦難而衷心地安慰說：「你雙眼，很辛苦吧！」

回想那天的遭遇，眞有點神祕了。難道他是上帝特地爲我派到人間來的配鏡師？是初老斜眼的天使？

因爲如今離家有點遠，我當初沒有查過，可是一經調查就發現，那家眼鏡店仍舊在原址營業中。它叫三邦堂。至於魔法配鏡師還在不在，我暫時不想問個究竟。如果他眞是天使的話，當我需要的時候，可能再會出現，對不對？

## 天婦羅名店：老太太的最愛

傳統日本菜如壽司、鰻魚、蕎麥麵、天婦羅等，都不是誰也會做的家常菜，反而是只能去了專門店才能嘗到純正味道的。其中，壽司、鰻魚這些年很普及，不僅日本全國而且在海外都容易買到吃到了。

蕎麥麵、天婦羅可不同。除非去東京幾家老字號名店，則不算眞正吃過的。雖然新宿歷來是年輕人集中的鬧區，但是除了時髦的酒吧、西餐廳以外，這裡也有

## SHINJUKU

(左)綱八：新宿區新宿三丁目三十一番八番。電話：03-3352-1012
(右)船橋屋：新宿區新宿三丁目二十八番十四號。電話：03-3354-2751

些老字號和風料理店。

東口三越百貨公司，現在一樓有了TIFFANY和LOUIS VUITTON，上面則是LOFT和淳久堂書店，昔日上流夫人常光顧時候的跡象早沒有了。然而，後面一條通稱「武藏野館（戲院）街」的小路，卻保留著往年氣氛。天婦羅的百年老店「船橋屋」，有八十年歷史的「綱八」，都在這裡。

我喜歡船橋屋。過生日，或有甚麼值得祝賀的事情時候，來到船橋屋邊喝冷清酒邊吃天婦羅定食，我會覺得非常高興。

到了天婦羅店，最好先叫份基本定食，然後看牆上貼的「今日推薦」，選其中一、兩種應時的魚類和野菜加點。尤其在白天，以一千一百日圓的「午餐定食」爲基礎，按照個人胃口自由點菜，價錢也很合理，而且保證吃得滿足。午餐的另一種選擇「天丼」（九百六十日圓）是大碗米飯上排列幾樣天婦羅，並灑上特製醬料而做的，很受婦女歡迎。中午的船橋屋有很多老太太單獨端著大碗「天丼」大口大口吃下，可說是東京絕景之一。

斜對面的綱八也不錯，但是價錢稍貴一點。綱八的分店很多，各地火車站大樓上的美食街裡常有。我去過幾家分店；室內設計、廚師水準都保持得挺高。我在新宿，寧願去船橋屋，但是在別的地方看到了綱八，則會高高興興地進去用餐。

## 重訪老家

中央線快速列車離開新宿以後，經過慢車站大久保，不久在左邊看到一所小學，乃我三十年前畢業的新宿區立淀橋第四小學校。我家當年住的木造房子就在旁邊。

校名簡稱為「淀四」。當時在新宿區西北角有從「淀一」到「淀八」共八所小學。現在只留下淀四一所了。其他七所，有些關閉，有些合併而改了校名。現今的西新宿小學校和柏木小學校就是合併以後新建立的。

我最近去母校淀四附近走一走。

八所小學變成三所，乃兒童人口急遽減少的緣故。街道區劃幾乎沒變，很多老房子也沒拆掉，但是人口結構完全不同了。大久保車站附近，如今有韓國街和唐人街。以前七、八個小家庭共同生活的兩層樓木造公寓，現在很多都被食肆、酒館佔領了。

另一方面，淀四周遭曾有的小商店，如炸薯餅香噴噴的鮮肉店，我們下課以後經常去的文具店，夏天買雪糕、過生日買蛋糕的麵包店，同學家開的魚店和蔬菜店，還有我家後面的乾洗店，卻早就全關門，都變成了小公寓。

從前的新宿，到處都有商店也有民房。今天可不同；商店集中在火車站、大馬路附近，其他地方則是清一色的民房了。居民多是單身人士，早晨上班很晚下班，幾乎整天都不在家，地區安靜到令人不安的地步了。路旁的牌子上寫著「保護社區！小偷、強盜、性犯罪頻發區」，顯示這地區正在面對的困難。

我從六歲住到十歲的租賃房子，原來離中央線軌道只有二十公尺左右的。當年，這地區住的大多是從外地來東京打工成家的年輕夫妻和孩子們，或者像我父母的東京老二老三族，非得離開擁擠的家而在租賃房子經營小家庭。街坊有些單身人士，如果是女的，往往是下午在美容院弄頭髮，傍晚到新宿酒吧區上班去的。

一層、二層的木造小房子在狹窄的私人道路兩邊密集。房子和房子之間，一般不到一公尺空間。居民生活缺乏隱私權不在話下，連起碼的安全都難得到保證。

有一次，我家對面二樓發生了火災，但是消防車無法開進來，只

新井一二三的老家。

好遠遠拉長長的水龍過來的，救火效率特別低。事後回想，我家沒給延燒算幸運了。

用一句話概括：我在東京周邊貧民區長大。

## 柏木櫻花物語

然而，這並不等於說，新宿柏木沒有歷史。恰恰相反，世界最古老的長篇小說《源氏物語》裡，就出現「柏木」這個名字。不過，宮廷女作家紫式部寫到的並不是這地方，而是一名叫柏木右衛門的花花公子。

在小說裡，他跟主人翁光源氏的太太女三宮通姦使她懷孕，受良心的責備以致苦悶而死。歷史上，他卻被判處流刑到當時武藏國，也就是今天的東京了。

淀四小學後面有叫圓照寺的古廟，院子一角至今有棵「柏木櫻」，據傳說是從京都被流放到這裡來的

社區內的警告標語。

柏木右衛門親自種的。每到春天，這棵樹上開的櫻花特別漂亮。十七、十八世紀，「柏木櫻花」在整個江戶城頗有名。

小學一年級的時候，我每週去一次圓照寺，跟方丈太太學過和箏。當年並不知道柏木櫻，更不知道自己生活的地方竟跟《源氏物語》有關，最多知道圓照寺是著名攝影師篠山紀信出生的家罷了。他後來拍攝宮澤理惠的寫眞集，轟動一時。

信濃町

中野

高圓寺

阿佐谷

荻窪

西荻窪

吉祥寺

三鷹

武藏境

西國分寺

國分寺

國立

立川

CHUO
LINE

# 第八站：文化新大陸

誰住在中央線文化圈：文學青年、戰後存在主義者、搖滾音樂家、嬉皮氏、印度迷、新紀元分子、漫畫家、綠色運動家、動畫家。

## 沒有家譜的家史

東京老百姓一般沒有家譜。我也不知道爺爺一代以前的祖先，住在哪裡？做甚麼？只是猜想他們大概在現今東京郊外做農民。

爺爺來東中野開壽司店「新井鮨」，應該是一九二〇年代的事情。三五年出生的父親是老五。下邊還有兩男兩女，最小的妹妹生於四三年。爺爺四十二歲中風後半身不遂，大約跟日本戰敗同一個時候。

戰後的十餘年，對我父親來說是青春時代，卻在奮鬥與掙扎之中過去了。光開壽司店全家老小吃不飽飯，同時還經營了鞋店。抽空去上學馬上打瞌睡，他失去了讀書的機會。

五九年父母結婚，哥哥出生。六二年我誕生的時候，還住在壽司店後邊，父親當廚師，母親也在店裡幫忙。我出生登記書上寫的原籍是東京都中野區川添町四十七號，乃中央—總武線東中野站南邊大約一百公尺的地方。

## 世界最大的犬舍

現在的中野火車站附近，三百年以前曾有過全世界最大的犬舍，總面積達三十萬坪，比今天的東京巨蛋體育場還要大三十倍，裡面養的狗共有八萬幾千隻！「中野犬屋敷」屬於當年統治日本的德川家第五代將軍綱吉。他長子幼年去世，之後一直沒有孩子。有位和尚建議說：「您屬狗，該愛護狗類，才會有兒子。」這樣子，綱吉發布了臭名昭彰的「生類憐憫令」。

愛護動物本來沒有甚麼不對。只是綱吉的政策實在極端瘋狂了。狗比人還受尊重。虐待動物的最高刑罰竟然是死刑。踢了一次狗就會被流放二十年之久。結果，江戶市民都生怕不敢養狗。跟將軍的意圖正相反，市面上到處都是流浪狗了。

爲了收容流浪狗，幕府先在四谷、大久保蓋了「犬屋敷」，但是被帶來的流浪狗非常多，不久又在郊區中野建設了專門養育、繁殖「御犬樣」的大設施。

從一六九五年到一七〇九年，現今中野火車站南北一公里、東西兩公里的地方叫作「圍町」，說圍牆裡面是狗的天堂並不過分。

今天，車站北邊的中野區公所門前，有幾隻狗的銅像以及說明牌，紀念著封建將軍的瘋狂政策下人民吃的苦頭。

旁邊三角形大樓是「中野SUN PLAZA」，乃禮堂、飯店、保齡球場等綜合的設施。飯店房間雖小但舒服，價錢又不貴，是個人旅客較好的住房選擇。

## 中野百老匯

我小時候，新宿的百貨公司如三越、伊勢丹是只聽說過而沒機會去的地方。當年，百貨公司的社會地位比現在高，出售的大多是高檔次商品，幾乎專門爲有產階級服務，中下層老百姓不大敢去的。相比之下，中野車站北口的「百老匯」可親很多。

大名鼎鼎的「中野百老匯」，乃東京最早的綜合性商業大廈之一。從地下到地上四樓都有各色各樣的小商店，上邊則是摩登住宅。一九六〇年代做老虎樂隊的主唱而走紅的美男歌手澤田研二住在「百老匯大廈」，後來當東京市長的電視腳本家青島幸男也是其中居民。總的來說，中野百老匯一時散發著挺酷的氣氛。

在中野車站和百老匯之間，有一條連環拱廊商店街叫「SUN MALL」，有拉麵店、壽司店、漢堡店、和菓子店、西點店、服裝店、鞋店、內衣店、帽子店、皮包店，以前也有舊書店，可以說是應有盡有。

小時候，母親帶我們去買稍微好一點的東西一般都在SUN MALL。然後，到百老匯地下樓去買雪糕吃。那裡的SOFT CREAM至今仍非常有名而且便宜，八種味道（香草、巧克力、草莓、咖啡、紅豆、綠茶、南瓜、藍莓）的「特八色」才賣三百日圓。

## 動漫迷朝聖地

原先作流行文化基地的「中野百老匯」逐漸演變成次文化中心，大概是一九八〇年舊漫畫書店「MANDARAKE」創業時候開始的。

老闆古川益藏當初也是漫畫家，對次文化愛好者OTAKU的心態特別熟悉，不僅買賣舊漫畫書和雜誌，而且出售原畫、同人漫畫雜誌、動畫公仔等多種相關商品，MANDARAKE很快成爲全日本漫動愛好者的麥加了。

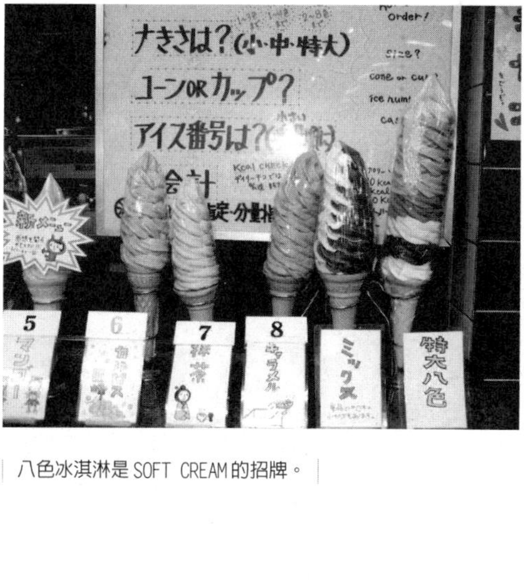


八色冰淇淋是SOFT CREAM的招牌。

Nakano

(上)中野(SUN PLAZA)：東京都中野區中野四丁目一番一號(中野站徒步約一分鐘)。電話：03-3388-1177。http://www.sunplaza.jp/hotel
(下)平民化的SUN MALL商店街。

這些年，MANDARAKE在全國各地開多家分店的同時，在百老匯大廈內佔領越來越大面積。本來，天花板較低的二樓是個人經營的小食肆（包括日本第一家義大利麵專門店、台灣素食店）集中的地方，現在大約一半的場地被MANDARAKE以及同類商店佔住著。

不過，有些老店，如我中學時候常去喝咖啡牛奶看書的「坂越咖啡店」仍舊經營中，掌櫃的美女三姐妹進入了晚年以後還跟當年一樣漂亮。

看不到陽光的大樓裡，不同種類的店舖和平共處，不同種類的客人來來去去。如今的中野百老匯令我聯想到香港尖沙咀的「重慶大廈」。

## 歡迎到中央線文化區

橙色列車離開中野車站後，終於開進中央線文化的大本營。從此到立川，火車直線往西走二十四公里，在窗戶兩邊看到無邊無際，特平特扁的東京。

這兒就是武藏野。

十九世紀末，當建設鐵路軌道之際，本來打算設在人口較多的甲州街道邊。但是，遇到地主們激烈反對，只好改變計畫，敷設在北邊幾公里的武藏野雜木林中。

今天，乘坐中央線列車往西（即富士山方向），特適於遠眺。尤其在夕陽時刻，實在令人心情舒暢。因爲這塊土地，本來就是跟鐵路同時開拓起來的。

在中野、立川兩個站之間有：高圓寺、阿佐谷、荻窪、西荻窪、吉祥寺、三鷹、武藏境、東小金井、武藏小金井、國分寺、西國分寺、國立，共十二個站。東京人講到「中央沿線」往往指這十二個車站附近的商業、住宅區。

原先的雜木林，在鐵路開通之後，逐漸發展成郊區了。居民多數爲從外地來東京發展的新興白領階級。對他們來說，新開發的郊區和舊市區或農村之間有根本性的差別；沒有傳統文化之束縛，允許居民自由自在設計新生活。直到今天，橙色列車一離開中野，就令人呼吸到自由的空氣。

若說舊市區是東京的歐洲，那麼中央沿線就是東京的新大陸了。雖然歷史根基淡薄，但是永遠充滿著活力。難怪，從二十世紀初的文學青年、馬克思少年開始，戰後的存在主義者、搖滾音樂家、嬉皮氏、印度迷、新紀元分子、漫畫家、綠色運動家、動畫家等，統統都選擇在中央沿線住下來了。

歡迎你到中央線文化圈！

御茶之水
水道橋
飯田橋
四谷
信濃町
中野
高圓寺
阿佐谷
荻窪
西荻窪
吉祥寺
三鷹
武藏境
西國分寺
國分寺

# CHUO LINE

# 第九站：文學舞台上的青春與夢

這條街住著文學獎得主：

《佐川君來信》作者唐十郎，一九八二年芥川獎

《佃島二人書房》作者出久根達郎，一九九三年直木獎

《高圓寺純情商店街》作者禰寢正一，一九八九年直木獎

## 青春的舞台

中央線高圓寺火車站開業於一九二二年。翌年，關東大地震發生。東京東部居民很多都失去住房，紛紛搬到西郊來了。中央線從高圓寺到三鷹之間就是那時候發展起來的新開地。

位於高圓寺站對面的球陽堂書店。

本來住在早稻田的作家井伏鱒二，於《荻窪風土記》中，仔細講述沿著中央線鐵路徒步避難而找到新天地的過程。他指出：附近有很多文人、藝術家居住，大白天披著室內衣在路上走也不會有人說三道四，跟人言可畏的舊市區完全不一樣。

這種自由開放的風氣吸引了越來越多波西米亞分子。日本文學史上最有名的三角戀之一，抒情派詩人中原中也的同居女友長谷川泰子被評論家小林秀雄搶走的個案，就是一九二五年發生在杉並區高圓寺二四九番地。中原是日本西部山口縣醫生的兒子，先到京都讀書卻耽溺於詩歌而輟學，十八歲時候到東京要登上文壇的。女朋友跑走後，他出版了《羊之歌》、《往日之歌》等幾本詩集，然而三十歲就夭折。

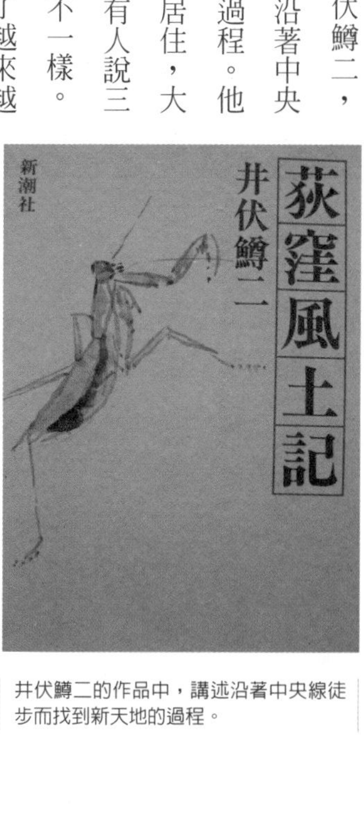


井伏鱒二的作品中，講述沿著中央線徒步而找到新天地的過程。

七十年後，我在香港認識一個爵士樂吉他手。他告訴我，年輕時候曾在高圓寺住過，拿著旅遊簽證到日本待幾個星期，在建築工地賣力掙錢，簽證到期就飛回香港。十幾歲那段時間，在港日兩地間，他來回跑過幾趟。

語言不通的外國打工仔，卻跟當地女孩子有過深刻的感情交流。「早晨她爲我做蜆味噌湯喝。那味道，讓人永遠忘不了。」他說。最後分手之前，她贈送一本日語書給外國情人。原來，那是中原中也的詩集。「裡面到底寫著什麼，我一直不知道，卻牢牢地記得那詩人的名字。」他事後二十餘年說。數一數，那大概是一九七〇年代初的事情了。

七二年，廣島出身的長頭髮創作歌手吉田拓郎發表的一首曲子就叫〈高圓寺〉，讓日本全國的音樂青年知道這個地名，一手提著吉他箱的長頭髮年輕人從各地紛紛到高圓寺住下來。香港打工仔後來翻身爲音樂家，是否跟當年高圓寺的風氣有關，我沒問過他。

## 文學獎商店街

過去八十年，住過高圓寺的文人非常多。八二年以小說《佐川君來信》獲得了芥川獎的劇作家唐十郎是長期居民。

九三年獲得了直木獎的出久根達郎，當時是高圓寺舊書店的老闆；得獎作品《佃島二人書房》反映作者自從初中畢業以後一直在舊書界混飯吃長達三十多年的所見所聞。七三年，他在高圓寺開「芳雅堂」舊書店，同時開始埋頭寫作，二十年後，終於得了大獎。高圓寺車站附近，舊書店有二十多家。雖然芳雅堂已經關門，但是沖繩出身的老闆整天彈蛇皮三弦的「球陽堂」等有個性的書店可還不少。

八九年的直木獎作品《高圓寺純情商店街》之作者，詩人禰寢正一生長在高圓寺，如今在鄰近阿佐谷開民間工藝品商店。現在高圓寺火車站北口有堂堂皇皇的「純情商店街」牌子。本來不過是沒有特色，普通至極，日本全國多如牛毛的「銀座商店街」之一，被乾貨店的兒子寫成小說以後出了大名，乾脆把名稱都正式改爲跟書名一樣了。

《高圓寺純情商店街》的主人翁是初中男生正一。他父母和奶奶在高圓寺站前開乾貨店江州屋，賣柴魚、紫菜、海帶、乾豆、雞蛋、魚丸、砂糖等維生。正一自己也在上課之前和下課以後幫家人做柴魚粉，也騎自行車送貨去。小說描述的是一九六〇年代東京老百姓過的日子。雖然整個社會都還相當貧窮，但是社區生活充滿人情味。正一父親的造型頗有趣。他其實是不喜歡做生意的俳人。從早到晚滿腦都是俳句，只有早上和傍晚舖子最忙的時候才繫好圍裙接待顧客，其他時候則穿上俄羅斯式上衣，即當年藝術家的標誌，誰知道往哪裡逃之夭夭。

作品中，兒子對文人氣質的父親既愛又恨；他爲人可愛，但是生活能力並不強，讓家人覺得靠不住。不過，實際生活中，禰寢正一長大後走的就是很像父親的一條路。他從青山學院大學經濟學系中途退學以後，就在鄰近阿佐谷車站前珍珠中心商店街開了「禰寢藝品店」，邊做小買賣邊寫現代詩，三十一歲獲得了日本最有權威的H氏獎。後來，在新潮社文學編輯的鼓勵下，亦開始寫小說，處女作品中回想在高圓寺成長的少年時代而得到了直木獎。

禰寢父子以及出久根達郎的人生，都是文學創作和小買賣，藝術和生活，抽象和具體相結合的。這就是中央沿線文化。

## 高圓寺阿波踊舞蹈大興盛

說到高圓寺，很多東京人首先想起的大概是「阿波踊」了。每年八月底的兩天，當地以及全國各地來的七千名舞者在高圓寺街頭集體跳民間舞，場面好不熱鬧，來觀看的遊客多達一百二十萬人。

阿波踊本來是四國德島的傳統節日，跟東京高圓寺毫無關係。一九五七年，當地商店會的年輕老闆們舉行第一回阿波踊時，作爲商業

《高圓寺純情商店街》小說中的純情商店街。

性宣傳活動完全是瞎編的。他們自己並不知道眞正的阿波踊是怎麼回事，卻借用了遠方大節的名稱，希望多騙些人來。

新開發的住宅區，沒有多少原住民，也沒有傳統廟會之類的社區活動。第一回高圓寺阿波踊雖然不過是老闆們化了女妝在街上亂扭腰而已，還是吸引不少觀眾，馬上成爲每年例行的活動了。這麼一來，非得充實內容不可，於是派人到德島留學，引進地道阿波踊的模式到高圓寺來了。之後，逐年發展，如今高圓寺阿波踊發展成大名鼎鼎的年中例行節日，東京市長每年一定要來親自剪綵。

不僅如此，在高圓寺的影響下，這些年東京附近的商店會、自治會等舉辦起來的阿波踊也多達五十個。缺乏歷史根據，沒有宗教背景的世俗活動，卻讓居民異常狂歡。日本社會學家所謂的「都市祝祭」，換句話說是嘉年華。這樣的例子在中央沿線特別顯著。

我最近認識的一個出版社編輯，幾年前搬到高圓寺，參加了街坊阿波踊俱樂部。他發現，當地很多家庭，客廳牆上都設有大鏡子，爲的不外是照著練習阿波踊

八九年直木獎作品《高圓寺純情商店街》。

舞蹈。

新成員不會一下子學會微妙的手腳動作；他拿起三味線（日本三弦琴）擔任伴奏。出乎意料之外，阿波踊俱樂部通年都有活動。除了到各地阿波踊幫忙以外，有時更到海外的嘉年華會表演。最近的一次飛到上海，竟跟女子十二樂坊在同一個舞台上演出！

阿波踊舞蹈的剪影。

御茶之水
水道橋
飯田橋
四谷
信濃町
中野
高圓寺
阿佐谷
荻窪
西荻窪
信濃町吉祥寺
中野三鷹
高圓寺武藏境
阿佐谷西國分寺
荻窪國分寺
西荻窪國立
吉祥寺立川
三鷹日野
武藏境
國立
立川

# CHUO
# LINE

# 第十站：飛越時空到北京

○準備荷包購物去：珍珠中心商店街、禰寢民藝店、書原。

○吃吃喝喝：東方園。

## 阿佐谷文士村

二十世紀初的東京有過三個文士村，分別在於田端、馬込和阿佐谷。

位於北郊，鄰近上野美術學校（現東京藝術大學）的田端，本來就有很多畫家、雕刻家的工作室。文豪芥川龍之介遷居以後，眾詩人、小說家也紛紛慕名搬過來；大正時

阿佐谷站外的櫸樹林蔭道。

代（一九一二—二六）中期的田端曾享有「文士藝術家村」的美名。

南郊馬込和西郊阿佐谷是二三年關東大地震以後發展起來的。前者以小說家尾崎士郎爲首，後者的領袖則是直木獎作家井伏鱒二。大地震後，東京人口從舊市區往郊外移動，原先的農村地帶蓋起很多簡便房子來，到處可見「空屋出租」的牌子了。沿著中央線往西搬過來的新居民當中，外地出身、大學畢業、收入不高的所謂「無產有識階級」不少，包括志向文學的一批年輕人。

高圓寺、阿佐谷、荻窪三個車站，相隔一公里多而已。各站附近都有文人住，例如，井伏家就在荻窪站附近的天沼。沿線文人聚集的地點，中間阿佐谷最爲方便。

大約從一九二五年起，井伏鱒二、太宰治、橫光利一、青柳瑞穗（法國文學家）等等，當時在文壇上小有名氣的年輕作家們常聚在阿佐谷車站北邊的中餐館「Pinocchio」一起吃喝聊天、下象棋。老闆永井二郎是新聞記者出身，顧客當中文化界人士居多。

所謂「阿佐谷會」當初是同行朋友之間自然來往交際而已，後來開始正式發送請帖舉辦象棋大會，更逐漸發展成文壇上一個派閥了。

當年日本一方面受俄國革命（一九一七年）的影響，另一方面有歐洲大戰後的經濟蕭條，社會上相當流行馬克思主義，文壇上走紅的是普羅文學。同時，迎合小市民口味的大眾文學也特受歡迎。阿佐谷會的作家們大多屬於藝術派，夾在普羅文學和大眾文學之間，爲了確保發表作品的園地，創辦了好幾份同人雜誌如《文學都市》、《新作家》、《海豹》、《世紀》以及《日本浪漫派》。中餐館 Pinocchio 就是這些雜誌的編輯室。

一九三〇年代，阿佐谷會的活動達到高潮，一個原因是普羅文學遭到了當局的殘酷壓迫。進入四〇年代，尤其是太平洋戰爭開始以後，當兵的當兵，避難的避難，大多作家都離開東京。

戰後，雖然個別的會員繼續活躍於文壇上，但是其他人卻跟不上時代風氣的轉變了。四八年太宰治跳進離中央線軌道不遠的玉川上水自盡。到了六〇年代，老成員見面多在朋友的葬禮上了。阿佐谷會最後一次的正式聚會舉行於七二年。老成員一個一個地去世。領袖井伏鱒二最爲長壽，九三年也終於去見老朋友們了。享年九十五。

雖然老文人不在了，但是當地的文化氣氛卻至今留下來。東京學泰斗，評論家川本三郎一九四四年在阿佐谷出生。他寫小時候附近有很多作家、藝術家、學者居住。到鄰居、同學家去，都看到高達天花板的書架，也聽到鋼琴音樂。那種環境對培養下一代的文化修養很有幫助。

今天在日本文化界，戰後在中央沿線杉並區一帶長大的人可不少。其中，身兼鋼琴家和作家的超級才女青柳泉子，是阿佐谷會的創辦成員法國文學專家青柳瑞穗的孫女。她至今住在阿佐谷。

## 物美價廉購物街

阿佐谷是很有魅力的住宅區。從車站出來，就看到美麗的櫸樹林蔭道。南出口對面的「珍珠中心（Pearl center）」是全東京屈指可數的連環拱廊商店街，用珠母貝殼做的銀河一般屋頂下，小鋪子一家挨一家，彎彎曲曲綿延七百公尺之長。

步行道兩邊，兩百多家商店鱗次櫛比，其中不乏幾十年老店。麵包店、蔬菜店、魚店、肉店、蛋糕店、和菓子店、酒店、壽司店、烤肉店、中餐廳、西餐廳、文具店、玩具店、服裝店、鞋店、理髮店、美容院、眼鏡店、超級市場、銀行、醫院、佛具店、棺材店……眞是應有盡有。直木獎作家襧寢正一開的民間藝術品店「襧寢藝品店」位於中間右邊乾貨店隔壁，乃買和風小禮物的好地方。

珍珠中心商店街不僅規模大，行業種類齊，而且商品水準高，價錢又便宜，是東京很少見的物美價廉購物區。

當地出身的川本三郎常寫道：「阿佐谷是東京西邊的下町。」街坊充滿平民氣氛，乃老居民當中，大地震後由東邊下町搬過來的人不少的緣故。尤其是開商店的很多是老江戶後代，加上了文士村的書香後，產生了阿佐谷獨特的風氣：沒有架子，可親可愛的文化住宅區。

每年八月五日到九日，珍珠中心商店街舉行的七夕節，算是日本三大七夕節之一。從銀河模樣的天花板，懸掛各種各樣裝飾品，下面舉辦爵士樂演奏會等，每年有上百萬人從東京各地來湊熱鬧。

## 書原：東京風格的書店

商店街另一端是大馬路青梅街道，往右走五分鐘，可達地下鐵丸之內線南阿佐谷站。對面有東京最有風格的書店之一「書原」，愛書人士值得一去，何況全年無

直木獎作家禰寢正一開的藝品店「禰寢」(NEJIME)。

休，晚上開到十二點正！（從中央線阿佐谷站，可以直接走櫸樹林蔭道。）

這家書店面對公路，位於MINI SYOP便利店上層的鞋店後邊，從右邊上樓梯去的半二樓。一走進去，比較大的舖子裡，到處都是書、書、書。因爲書架和書架之間，沒有多少空間，找書看書，客人都得互相讓一讓。

「書原」擺的主要不是普通的暢銷書，而是報紙、雜誌的書評欄目討論過，行家間受好評的文化專書佔多數。尤其關於電影、音樂、心理學、文化研究等的理論書可不少。雖然表面印象很雜亂，但只要是愛書的人，則一定會馬上看出來，這裡氾濫的其實是對書本的深刻愛情。

## 東方園：首席樂手的傳奇

阿佐谷有家可貴的中餐館叫東方園，乃一對職業音樂家開的。

關存治先生和董韻女士曾是北京音樂

書原（Shogen）：杉並區成田東四丁目三十九番一號芝萬大樓。電話：03-3313-6267。

學院的同學。畢業以後，關先生擔任北京廣播交響樂團首席樂手，董韻女士則做母校鋼琴老師。一九八二年，他們帶孩子移居東京，因爲董韻母親是日本人。第二次世界大戰以前，她到中國東北教書，嫁給了台灣出身的音樂家董清財先生，兩人生育的五名子女都成爲鋼琴家、小提琴家、聲樂家等。

跟台灣父親和日本母親，在社會主義中國長大究竟是甚麼滋味，外人只能推測。總之，文化大革命爆發以後，長達十年的瘋狂動亂裡，每個知識分子都吃了苦頭，何況是父母血統都有政治問題的音樂家。回想當年，董韻說：「能活下來就是福氣。幸虧小時候家裡富裕，身體底子打得好。」

到了母親的祖國日本以後，董韻（日本名字叫吉崎純子）在東京藝術大學跟著名鋼琴家安川加壽子學習兩年，同時開始培養日本學生。八五年，關存治改行開東方園，主要出於經濟需要。不過，他顯然有烹調天分，做出來的菜肴不僅地道好吃而且有藝術的香味。從日本顧客的角度來看，在擺設、價錢平民化、氣氛輕鬆好舒服的環境裡，能吃到第一流中國菜，實在難能可貴了。

這些年來，關姓夫婦在經營東方園的同時，還舉辦過多次音樂會，爲中國來的音樂家提供表演場地，也爲日本聽眾提供接觸鄰國音樂文化的好機會。

我去東方園，感覺猶如飛越時空訪問了北京朋友家一般。以低聲放的鋼琴曲

（女主人演奏）爲背景，邊吃招牌菜手工春捲，邊聽董韻談著傳奇來歷，好比走進了一部波瀾萬丈的長篇小說中，很難相信這裡其實是東京中央沿線。

東方園（Tohoen）：杉並區梅里二丁目四十番十八號一〇一室。電話： 03-3318-8330 。離地鐵南阿佐谷站，沿著青梅街道往東走大約五分鐘。

# 第十一站：品嘗老東京

○體驗老東京：湯托邦泡湯、東家鰻魚店、本村庵蕎麥麵店、TOWN SEVEN地下一樓菜市場、八重洲書本中心。

## 診所的小騙子

那年我在香港一家出版社做事。一月底，一年裡最冷的時候，向公司請一個星期的假期回東京一趟，爲的是參加老同事的婚禮。我還打算辦完了事情後，週末跟一些朋友一起去泡溫泉，幸好妹妹說可以開車帶我們去郊外青梅溫泉區。

老同事的婚禮在西麻布挺時髦的義大利餐廳舉行。兩層樓的小洋房裡，密密麻麻擺了十多張桌子。每張桌子邊坐六、七個來賓。跟我同桌的一個男人一坐下來就不停地咳嗽，並且發抖地說：「說不定我得了流感。」果然他沒錯，我當場就開始感到頭疼，沒胃口吃義大利大菜，回家的路上已經明顯在發燒了。

海外浪子回家鄉生病，最麻煩的是沒有保險證，去找醫生看病，非得付全價不可，一次至少要六千日圓，花費相當大。

妹妹告訴我：「你可以用我的。但是，千萬別在家附近用。在候診室碰到了熟人，讓護士發現你的眞姓名跟保險證上的不同，那可就麻煩了。你也不想以詐騙罪被控訴吧？」

這時我的體溫已經上升到四十度，顯然不是一般的感冒，該去看醫生了。於是，我聽從妹妹的勸告，從娘家附近的中野站上了中央線，過高圓寺、阿佐谷，不久到了荻窪站。這裡離家夠遠了吧？

我本來對荻窪不熟，但是東京住宅區到處都有小診所的。從車站北口出去，一直沿著商店街走，很快就在右邊看到了某某醫院的牌子。我猶豫三秒鐘以後，還是鼓著勇氣開門進去，把妹妹的保險證交給接待處的護士。

候診室沒有幾個人。護士馬上看著保險證對我說：「山田女士，第一次來這裡？」

我感到特別尷尬，因爲她唸錯了保險證上寫的姓。妹妹夫家姓山岡，不是山田。但是，我問心有愧，不敢糾正她，只好含糊其辭地點著頭搪塞過去。

幾分鐘後，我走進診察室坐下。醫生好像在看病歷卡上的年齡，然後看我的臉。他是否發現了我歲數比保險證上說的大很多？畢竟，跟妹妹年齡相差有七歲。

我的心臟不由得噗通噗通跳。醫生應該通過聽診器聽到了吧？

「流感。我給你開一個星期的藥。」

好在日本的老頭醫生普遍不愛說話。但護士是另外一回事。我付錢的時候，她忽然出大聲說：「哎唷！我唸錯了。原來你是山岡女士，不是山田女士。很抱歉，山岡女士。」

其實我不姓山田，也不姓山岡，但是問心有愧不敢說出來，抱著沉重的心情離開診所，走回火車站了。

## 湯托邦：老東京泡湯

荻窪站北口有個公共浴池叫「湯托邦」，乃東京較早開的綜合三溫暖設施，用後來流行的詞兒便是SPA了。我難得有機會回東京一趟，本來約好朋友、妹妹一同去泡溫泉，然而得了流感發高燒，非得取消溫泉之行。這時候，從診所走出來，馬上看到湯托邦的牌子。我根本沒有猶豫，也沒經考慮，幾乎本能地直接走進去了。

當年，我在香港的家，浴室小得可憐，浴缸小如洗臉盆。去銅鑼灣的三溫暖吧，不知怎地沒有浴缸，除了烤箱和按摩床，只有淋浴設備而已。總之，我特別想要趁在東京，跳進大浴缸滿滿當當的熱水中把全身肌肉鬆開一下。

我對溫泉的熱愛，恐怕來自祖先遺傳給我的基因。平時在海外生活都甚少感到不滿，只是強烈地想念日式浴缸，尤其是溫泉浴。這次去溫泉的計畫既然是泡湯，我至少要到湯托邦沉在幾種不同的大浴缸裡，用力伸開手腳了。

發高燒時候跳進熱水，到底是好主意還是傻念頭？大概是後者吧。那次本來有四十度的體溫，泡在熱水以後並沒上升，雖然也沒有退下來，不過，坐在長方形木造浴缸中，聞到的扁柏木香味，真的特有解除身心疲勞之作用的。

## 品質是文化的根本

人生的事情始終難以預測。一年以後，我開始常到荻窪了。

在香港認識的日本男朋友家在荻窪。我每兩個月就飛回東京到他家暫住。荻窪車站南北兩邊都有商店街和住宅區。這回，我主要在南邊出沒，發現了附近有幾家挺不錯的食肆。

例如，「東家鰻魚店」。老夫妻倆經營的小小舖子，所提供的菜肴著實第一流。這一帶還有「安齊」、「田川」等全東京著名的幾家鰻魚店。

還有，沿著鐵路往西走十分鐘的蕎麥麵店「本村庵」，乃紐約 SOHO 同名店的總店。室內外設計充滿日本味道，蕎麥麵和下酒菜都做得特精緻，冷清酒的溫度保持得非常專業。

眞不能小看荻窪，從表面上看來是普普通通的住宅區，實際上，飲食文化的水準滿高的。我問男朋友爲甚麼？他說是關東大地震後，本來在東城的老字號以及老饕很多都遷移到這邊來的緣故。經一查，果然本村庵是地震翌年創業的。

美國的日本學專家Edward Seidensticker說，大地震以後可愛的江戶文化消失了，好像只對一半。實際上，在東城遭到了破壞的東京式生活文化，沿著中央線避難到西郊來，幸運存活到今天。

若不信，請到荻窪車站大樓TOWN SEVEN地下的菜市場看一看。那裡有東京屈指可數的鮮魚店、貝店、蔬菜店、水果店、鹹菜店、豆腐店、茶葉店等等。日常生活的品質高，是文化生活的基本要素。

本村庵（HONMURA-AN）：杉並區上荻二丁目七番十一號。電話：03-3390-9325。週二定休。

另外，隔壁LUMINE大廈四樓的八重洲書本中心（YAESU BOOK CENTER）等，水平高而充滿城市氣味的書店在荻窪地區也有不少。

喝清酒用的木杯。

轉往 向西繼續前進……

# 第十二站：用搖滾來燒烤

◎尋巷挖寶去：西洋古董我樂多屋、西荻一番街。
◎吃吃喝喝：HEARTLAND咖啡店、戎燒鳥店。

## 西洋古董街

中央線西荻窪站，東京人通稱爲「西荻」。今天說到西荻，很多人就想到古董街了。一九八二年，第一家「西洋古董我樂多屋」創辦後，逐漸有不少同行搬過來，現在竟增加到大約七十家。

記得新婚的日子裡，我曾和新郎手拉手到西荻窪站北出口的古董店尋找適用於新居的英國古董飯桌和椅子。

上世紀二〇年代的英格蘭家具，很多都進口到日本來。用褐色木頭做的飯桌，平時是四人坐的正方形，到了開飯時刻，兩邊可以拉出來再加上兩個位子的。大概當初是英國工人階級家庭用的吧，滿合適於狹小的日本房子。多雨潮濕的英國

Heartland：西荻一番街杉並區西荻北三丁目十二番十號。電話：03-5310-2520。www.heartland-books.com。下午一點到晚上八點。每週三定休。

氣候跟日本群島也很像。把暗褐色木頭家具放置於和式房間中，意外地顯得自然。

那一次，我們走遍東京各地好幾家古董家具店。大體上同樣的設計，細節上卻各有獨特的形狀，導致整體印象很不同，令人很難做出決定。最後，在東京灣邊的大倉庫裡，我們找到了合意的。可以說是一見鍾情。一個笨重的英格蘭飯桌和四把椅子，至今用在食堂裡。

住宅區西荻窪的古董店，大部分都規模不很大。找餐具、廚具、室內裝飾品等小東西，收穫會更大。附近不僅有西洋古董專門店，而且有日本江戶時期物品專門店，也有木偶、和服、美國生活用品專門店等。火車站北口的派出所有免費的古董地圖（antique map），遊客能夠邊看邊散步，非常方便。

另外，在西荻窪，有特色的舊書店和咖啡店也很不少。

進入火車站北出口派出所旁邊的「西荻一番街」直走約五分鐘，右邊小公園對面大樓一層有Heartland，乃既賣舊書又賣咖啡的好店。直木獎作者角田光代是常客之一。喝著歐洲啤酒翻翻各國文學作品，感覺滿不錯。

## 戎燒鳥店：搖滾人的燒烤技

西荻窪火車站南北兩出口都有著名燒鳥店「戎」。南口那家是總店。

戎（YEBISU）北口店：杉並區西荻北三丁目十九番十二號。電話：03-3390-8445。下午四點到深夜兩點。南口店：杉並區西荻南三丁目二十五番九號。電話：03-3331-9414。下午四點到晚上十一點。每週日定休。

日本所謂的「燒鳥」，指的其實是烤肉串，材料並不限於雞肉，而更常用上豬肉。其中以豬舌、豬肝、豬肺、豬心、豬子宮、豬頭肉等，日本人平時不吃的內臟類居多。烤雞除了正肉和雞丸外，還有雞肝、雞胗、軟骨等多種。「燒鳥」最初是東京藍領階級男人的下酒菜，過去半世紀才逐漸開始上中產階級飯桌的。

凡是「燒鳥」，都有「鹽燒（shio-yaki）」和「醬燒（tare-yaki）」兩種。只有青椒、冬菇、白果（銀杏）等蔬菜類，專門撒鹽而燒。戎的菜單上，另外有燉牛雜、水餃、鮮魚刺身等。招牌菜「油炸沙丁丸（iwashi korokke）」是讓整條沙丁魚包住薯泥後沾上麵包粉而油炸十分鐘的；看起來像炮彈，吃起來特能飽肚。

戎的顧客很多是單獨來的男人，在櫃台或攤子邊坐下來，先叫杯生啤酒或白酒蘇打，然後看著黑板上寫的當日菜單，一口氣點：「豬舌、豬肝、豬肺、豬心、雞胗、軟骨，各一份，全要鹽燒」等。站在開放廚房裡的工作人員聽到了之後，齊聲用男低音重複：「豬舌、豬肝、豬肺、豬心、雞胗、軟骨，各一份，全要鹽燒。」場面猶如舞台劇，也有人形容爲紀律嚴明、行爲一致的球隊。

源自藍領階級酒肆的燒鳥店，至今基本上爲男人的世界。有些燒鳥店甚至掛著「謝絕女客」的牌子。這樣的作法，若在二十年以前，一定會惹上當地女性主義分子。不過，現在日本男人在社會上和家庭中都越來越靠邊站。「謝絕女客」的酒肆已經具有歷史價值，我們該保護，而不用攻擊。

西荻窪的兩家戎，雖然沒有那麼落後於時代，不過工作人員全是男性，而且明顯有軍隊般嚴格的階級制度。站在炭火爐子邊負責燒烤的是第一把手，在他旁邊幫忙的則是第二把手等。儘管如此，中央沿線畢竟是文化人的住宅區，連燒鳥店都不能沒有一點文化背景。聽說，南口店的第一把手是搖滾樂手，還偶爾在六本木的音樂酒吧上台表演。

「戎」的生意始終特好，除了西荻窪南北兩家總是客滿以外，如今在惠比壽花園場地等商業大廈都有了分店。可是，想要嘗嘗地道的日本燒鳥，還是不如到西荻窪去。物美價廉，充滿活力，再說重男輕女——怪不得，燒鳥店永遠是日本男人最愛的安息所。

# 第十三站：東京夢

◎走訪日本首座西式公園：吉祥寺站南口→丸井（0101百貨）→井之頭公園。

◎吃吃喝喝：伊勢屋燒鳥店。

## 美麗的郊外

中央線列車到了吉祥寺，行政區劃上已經離開東京市區（二十三區）而進入郊區了。電話號碼的區號不再是「〇三」，而是「〇四」開始的三位數或四位數。

今天，吉祥寺是全東京屈指可數，新宿以西最大的鬧區。也難怪，坐中央線到新宿才二十分鐘而已，坐京王井之頭線到澀谷也一樣方便。火車站附近，除了百貨公司、大型專門店以外，有個性的小店、食肆也鱗次櫛比。

不過，吉祥寺的魅力卻一向在於郊外性。

由火車站南口（公園口）出來，走過丸井（0101）百貨和無印良品，踏進世界民族服裝店以及各國風味小吃店林立的小路時，彷彿身在紐約曼哈頓島南區。過幾分鐘，到頭看見樹木繁茂的井之頭公園，耳朵聽見街頭音樂家演奏的爵士樂，全身感覺到颳越湖面而來的涼風時候，你一定能體會到，這裡原來是都市人想像中的美麗郊外。

郊外是近代的產物。之前，只有城市和鄉下而已。當社會近代化、工業化、都市化以後，才出現上班族的住所——郊外。開發田野而建造的住房和公園地區，由於沒有傳統的束縛，充滿著自由開放的氣氛。在古老的東方，更往往呈現西化的造型。

## 井之頭公園：日本第一座西式公園

井之頭公園是日本第一座西式郊外公園，於一九一七年開園。裡面有湖、森林、散步道、網球場、動物園、植物園、兒童遊樂園、雕塑館等，滿適合男女老少

東京的綠洲——井之頭公園。

舉家一起來玩，也受到平生第一次約異性朋友郊遊的男女學生支持。

我小時候的印象中，井之頭公園就是森林。坐父親開的車，離開新宿的家，路上瞌睡一會兒後，被母親叫醒而張開眼睛，總是看見了綠油油的樹木和路邊小攤子賣的很多氣球。以鬱鬱蔥蔥的森林爲背景，紅綠黃藍橙白各顏色的氣球隨風飄動的樣子，對日本小孩來說，好比走進了西方童話中一般。何況，在自然文化園裡，有白雪公主和七個小矮人的像，以及彩色大蘑菇、木造小洋房等格林童話故事裡常見到的場景。

到了高中年代，井之頭公園是跟男朋友去划船的地方了。兩人一起去郊區，感覺有點像私奔，違背道德似的氣氛，眞是陶醉人。當年的日本學生其實滿健全，從來沒有單獨躲在密室裡。開放水面上的小舟，在我們的經驗裡，倒是最接近密室的。唯一要小心的是湖中心的小廟：據傳說，安置在裡面的辨財天女神特愛吃醋，若有情侶當著人過分黏黏糊糊，她一定要搞壞兩人關係。所以，當小舟划到小廟附近時，最好兩人離得遠一點。

過去三十年，日本很多連續劇都在這裡拍攝。一九七〇年代中，中村雅俊、田中健、秋野太作三人飾集體主角的青春故事「我們之旅」以吉祥寺井之頭公園附近爲背景，社會上影響力相當大。現在中年以上的日本人大多還能唱主題歌。八五年、九五年、〇三年，拍過三次的續集都特受歡迎。不過，對年輕一代來說，恐怕以豐川悅司爲主角的「跟我說愛我」的印象更加深刻了。

有趣的是，只要來到井之頭公園，你眞會看到跟劇中的豐川悅司一樣坐在湖邊畫畫的小伙子，也會碰到跟當時的中村雅俊等人一樣大笑大哭，或者大喝大醉，嘗盡青春滋味的男女青年。

位於公園入口的伊勢屋燒鳥店，很有都會鄉村的氣氛，也特像電影布景。最裡頭的落地大窗戶邊，坐在舖子裡感覺倒像野營帳篷中。從大白天起，很多日本男女都來喝酒聊天吃烤肉串。

究竟人們在模仿電視劇，還是劇本的寫實性特別高？大概兩方面的情形都有：藝術，尤其是大眾藝術，確實常模仿眞實人生。但是，郊外生活本身，乃人們追求理想的想像力所產生的人工物。

## 漫畫家集散地

據說，目前全日本漫畫家人口最集中的地方是東京郊外吉祥寺。

前些年，我忙於生育的日子裡，曾熱心看過石坂啓的育嬰漫畫散文《小娃娃來了》、《孩子界的人》等。因爲她家住在吉祥寺，作品中常出現我很熟悉的地名、店名，讀後感覺特別親切，好比在看校內報紙一樣。

現在，我最愛看的漫畫，《每日新聞》每週一連載的《每日卡桑》之作者西原理惠子，也是吉祥寺的居民。

一九六四年生於四國高知縣漁村，十八歲單獨到東京來上武藏野美術大學的西原，作品風格很獨特。她善於描寫下層生活的悲哀，作品中常出現酒鬼、妓女、孤兒等；同時，她幽默感特別強，顯然把黑色幽默當作弱者的武器。第一次看西原漫畫的人，容易誤以爲是小孩胡寫亂畫的，其實那是她創始的新手法。當她成功並獲得好幾個獎項之後，一些年輕作家開始走同樣路線，如今在日本漫壇上，已在逐漸形成西原派了。

《每日卡桑》是她結婚，在吉祥寺買房子，生育一男一女休息兩年以後，復出於崗位上發表的第一部作品。從前主要畫激進露骨漫畫的破滅型女漫畫家，成家做了母親後到底要畫甚麼樣的作品，行家和讀者都充滿著好奇心。誰料到，連載開始後不久，西原就在作品中透露：丈夫（戰

伊勢屋（ISEYA）公園店：武藏野市吉祥寺南町一丁目十五番八號。電話：04-22-43-2806。

場攝影師鴨志田穰）是不可救藥的酒鬼，在外國待幾個月回來後直接住進醫院治療酒精中毒症，一出院就馬上要到飛機場往國外冒生命危險去。如此不穩定的生活方式，導致夫妻之間風波不斷；雖然丈夫和兩個孩子的感情很不錯，但是她最後還是下決心非辦離婚不可。（在其他媒體上，她也承認，酒鬼丈夫對妻子的家庭暴力很嚴重。）

這簡直是跟現實同時進行的「私漫畫」了。尤其是幼小的西原女兒重複企圖讓父母重新和好的場面，在很多讀者心目中留下了特別深刻的印象；作品的藝術成就一點也不亞於嚴肅小說的。難怪，《每日新聞》上的連載非常受歡迎，單行本一出來就賣好幾十萬本，後來更獲得了手塚治虫文化獎。

現在，《每日卡桑》主要以母子三人加上姥姥在吉祥寺過的日常生活為主題。男孩淘氣，女孩早熟，漫畫家母親忙到昏迷，姥姥則以昔日鄉下方式管家。圍繞著他們，真假參半的種種故事，一篇一篇都像絕佳的短篇小說，充滿著人生的哀傷與趣味。雖然孩子失去了父親，妻子失去了丈夫，姥姥失去了女婿，但是他們現在的生活安全穩定，滿幸福的。看起來很平凡的日子裡，從來不缺乏驚喜和發現。

當西原的產假剛結束時，有個評論家揶揄地說過：「買得起吉祥寺豪宅的漫畫家，還能畫出下層人民的悲哀嗎？何況在她結婚生子，過著完全小市民式生活的時候？」

沒錯，吉祥寺的房地產確實很貴，特別是鄰近井之頭公園的地段，因爲環境突出，價錢也非常貴，除非是高薪族或者暢銷漫畫家，否則很難住得起的。

最近，我看東京太田出版的mook（雜誌書）《快樂中央線》，其中有西原理惠子的訪談。她說：剛到東京時，住中央線立川上補習班；第二年考上國分寺的武藏野美術大學而搬家，後來，畫黃色漫畫餬口，逐漸出名而搬到大一點的地方；直到結婚蓋房子，她前後都住在中央沿線。雖然在東京住了二十多年，但還不清楚六本木、代官山等時髦地區在哪裡，怎麼走。

顯而易見，西原體現了一種東京夢：從鄉下隻身跑來首都，作爲創作人出大名。一貫住在中央沿線是她自己的選擇，因爲這裡有開放的氣氛，接受容納高低各檔次的文化人，不同於六本木、代官山等專門製造而消費商業想像的地區。另一方面，她的個人生活，有豐富的經驗和難忘的挫折。

作爲西原理惠子漫畫的背景，吉祥寺是再合適不過的地方了；不用甚麼評論家說三道四！這兒是有理想的人聚合的允諾之地。人生會有成功的時刻也會有失敗的時刻，但凡是嘗試過的人都永遠是勇者。西原漫畫很受歡迎，因爲她是個勇者，通過作品去鼓勵男女老少廣泛讀者的緣故。

# 第十四站：走訪文人散步道

最美的風之散步路線：三鷹車站下車→玉川上水步行道→三鷹森吉卜力美術館→井之頭公園→太宰治紀念碑→山本有三紀念館。

## 武藏野：馬克思主義的浪漫

中央線快速到了三鷹，風景就開始跟之前不一樣。離開東京站以後，一直在窗外的高樓大廈逐漸減少，反而木造民房多起來，中間還看到樹林，甚至田野。

自從御茶之水站跟中央線並走的檸檬色總武線慢車、從中野起陪伴的地鐵東西線均以三鷹爲終點。乘客當中，單身貴族模樣的男女，幾乎全在三鷹之前下車；留在車廂裡的，大多是在郊區經營小家庭的白領和他們的家人。橙色列車從此單獨疾馳的平原，就是武藏野了。

《武藏野》是日本明治時代的自然主義作家國木田獨步（一八七一－一九〇八）問世的第一本小說集名稱。文中，最有名的一句話「自由存於山林」今天刻在三鷹火車站北出口派出所後面的文學碑上。十九世紀末，既信仰基督教又研究馬克思主義的文學青年，以浪漫的眼光看山林，乃受了屠格涅夫、華滋華斯等西方作家思想的影響。顯而易見，「大自然」其實是被近代人發現的。

## 玉川上水：文學的善與惡

站在三鷹車站月台上望西南邊，看得見綠油油的森林。那是玉川上水步行道，沿著江戶時代的上水路，可以走到宮崎駿策劃的三鷹森吉卜力美術館以及井之頭公園。往吉祥寺的這一段路，現在叫作「風之散步道」，修得特別漂亮。

中途經過無賴派破滅型作家太宰治（一九〇九－四八）跟情人跳水自殺的地點（以他故鄉青森縣產石頭爲標誌），以及道德派作家山本有三（一八八七－一九七四）的紀念館。

沿著江戶時代的風之散步道可走到井之頭公園。

太宰治至今是日本年輕人最鍾愛的小說家，但是他的生涯，從酗酒、嗜毒、借錢到多重外遇，只能用「亂」字來形容了。他生前，全家五口子在三鷹下連雀離玉川上水大約一百公尺的地方租小房子住，紙門破了，屋頂又漏雨，但是不能裝修，因爲沒錢，而且房東也不管。

相比之下，山本有三住的大洋房，豪華得簡直是歐洲城堡。他把住家弄成圖書館開放給附近的年輕人，今天更作爲文學紀念館公開於世。山本作品如今還偶爾被政治家引用到演說中，一個不可忽視的因素就是，他生前一貫做了可尊敬的好市民，並且獲得過文化勳章。

無論古今中外，文學作品的主要題目之一始終是人性中的善與惡。山本有三專門研究了人性中善良的側面；太宰治則更被邪惡的側面吸引。兩種作家，表面上看來，似乎在體現兩個極端。實際情況更爲複雜，善與惡往往是很難分別的，尤其在作家身上。

例如，當太宰自殺之後，來三鷹住的女作家瀨戶內晴美（一九二二—）。她看上年少的男人而私奔，因此放棄了親生女兒。跟情人分手後埋頭寫作登上文壇，同時跟已婚男作家談情談得死去活來。中年出家做尼姑，剃掉頭髮用法名「寂聽」繼續寫作。她一方面寫佛教故事、翻譯古籍、從事社會活動，另一方面寫大膽的愛情小說，早就過了八十歲仍舊是第一線作家。瀨戶內寂聽作品特能打動女讀者之心，畢竟作者的人生經驗非常豐富，包括善與惡兩方面的。

瀨戶內年輕時候參加的同人雜誌《文學者》由當年的明星小說家丹羽文雄主宰。他公館就在三鷹。夫妻作家吉村昭和津村節子，當時也是《文學者》同人。瀨戶內搬過去以後，他們繼續住三鷹到今天，還經常沿著玉川上水「風之散步道」散散步。丈夫吉村昭如今做太宰治文學獎選拔委員。

## 櫻桃忌：連結藝術家的網絡

六月十九日是太宰治的忌辰。他跟情人山崎富榮用紅色繩子捆在一起的屍體，恰巧被發現於他四十歲生日。從第二年開始，每逢六月十九日，太宰的朋友和書迷們，聚在三鷹禪林寺舉行追悼會。

六月裡出生的太宰特別喜歡吃櫻桃，寫過令人難忘的同名短篇，文中描寫面臨瓦解危機的文人家庭。因而他忌辰取名爲櫻桃忌，有些書迷用很多櫻桃做成項鍊，掛在墓碑上；正如太宰在文中寫道，看起來極像大顆珊瑚。

太宰治墓碑斜對面有日本明治時代的文豪森鷗外（一八六二—一九二二）之墓碑。鷗外是高級軍醫，也做過國立圖書館館長。作品風格又一本正經，連他女兒

**Mitaka**

(上)山本有三的住所改為圖書館供人參觀。
(下)太宰治代表作《斜陽》的紀念碑。

森茉莉（一九〇三—八七）都說「爸爸的小說就是缺乏惡魔」。

茉莉自己中年以後開始發表文章，被評論家視爲文壇耽美派的代表人物。晚年寫的長篇小說《甜蜜的房間》以父女戀爲主題，可以說作品中很有惡魔。今天，她骨灰埋在鷗外墓碑旁邊，森家之墓下邊。

無賴派作家太宰治，生前經常來禪林寺，在〈花吹雪〉一文裡讚美過森鷗外墓碑的清靜環境。他去世後，夫人買下禪林寺一塊墓地，讓一輩子調皮到頭的丈夫永眠在穩重正直的文壇前輩斜對面，說不定有請他在黃泉之下好好監督太宰的意思。誰料到，無賴派作家的身邊連死後都不能安靜下來；一年半以後，後輩作家田中英光就在他墓前自殺了。

太宰治的人格眞是複雜。細看他年譜，似乎在不少方面，包括最後自殺，都模仿了早一代文學明星芥川龍之介（一八九二—一九二七）似的。雖然龍之介本人只活到三十五歲，但是他兩個遺孤後來都在文化界出了大名。其中之一，三男也寸志在戰後日本音樂界頗爲活躍。〈三鷹市民之歌〉就是他寫曲子的。

藝術家和藝術家之間自然展開的網絡，令人聯想到太宰治書迷掛在墓碑上的櫻桃錸子。

日本文學愛好者必訪之地禪林寺位於三鷹車站南邊。沿著中央通一直走，到頭往右拐就是了。如果直接走，大約只需十多分鐘。但是，路上有幾個文學碑、特有吸引力的壽司店（我推薦「松壽司」的大阪式鯖魚壽司），以及現做現賣的糰子店、注重繪本的舊書店等。邊看邊走，則容易花上一個鐘頭了。

C H U O L I N E

# 第十五站：向西前進

尋訪詩人的浪漫腳步：武藏境站下車→玉川上水堤岸散步道→小金井橋→武藏小金井站。

## 東京大西部

雖然我生長在中央沿線，但是小時候幾乎沒有坐橙色列車來過三鷹以西的郊區。也許世界每個大城市的居民都一樣，東京人的日常活動空間也基本上限於自己住家和市中心之間。住在中野父母家的日子裡，我天天坐上行列車到新宿見朋友，去神田買書，或者由東京站往日本各地旅行，然而從不坐下行列車往郊區。

若非結婚以後定居的地方在西郊國立，說不定我一輩子也不會發現三鷹以西的東京。想想看，我眞得謝天謝地了。原因有二：首先，這裡至今保留著特別豐富的大自然，令人對東京這座城市刮目相看。其次，從過去到現在，東京不停地往西發展。

無論是一九二三年的關東大地震，還是四五年的美軍大空襲，失去了住房的市區難民都避難到西郊來了。到了七〇年代日本經濟起飛時期，政府投入大量公共資金在多摩丘陵建設了大規模的衛星城市，通稱「多摩新城（Tama New Town）」。在當年的日本人來看，廣大原野上忽然出現的多摩新城簡直代表著美好的未來。

多摩川邊的雜木林裡，蓋好了一排又一排的西式公寓，保證居民能過有洗澡間、有熱水的近代化生活。希望離開擁擠市區的破舊房子而搬進一切都發光的郊區新城的人可多，雖然爸爸的通勤時間會長達一個多小時。那年代，抽籤中彩的人才擁有資格購買租賃新城房子。

現在四十多歲的日本中堅作家當中，小時候在新城長大的人爲數不少。例如，向來研究郊區文化的島田雅彥、德日雙語作家多和田葉子等。他們的成長環境跟舊市區或傳統農村都截然不同，乃徹底人工化的小家庭王國。

三十年後，當年的新城硬體已變成老城，居民的高齡化也相當顯著。孩子長大離開以後的小家庭，老夫妻如何經營獨立生活，是日本人從來沒有面對過的新議題。儘管如此，總體來看，東京居民的生活重心還是逐漸往西移動中。

山手線內部的舊市區，生活方面的空洞化很明顯，每年有好多所小學中學關門，已經沒有了街坊可說。相反地，西郊的兒童人口沒有減少，從幼稚園到研究院的各級學校也滿多。有青少年的地方就有未來。越來越多的東京小孩以武藏野、多摩丘陵爲故鄉。他們稍微長大了以後，開始搭橙色的中央線快速，慢慢發現新宿、神田等鬧區的。

## 小金井公園：踩踏詩人的足跡

你若想看武藏野的景色，最好到小金井公園。十九世紀的浪漫詩人國木田獨步跟情人來尋訪大自然的地方，就是這裡。

在《武藏野》一書裡主人翁帶朋友在武藏境站下中央線，走到玉川上水堤岸散步到小金井橋，然後由武藏小金井站上車回家。

今天的武藏境站是不大搶眼的小車站，可是它歷史很悠久。一八八九年四月十一日，中央線（當年叫甲武鐵道的私鐵）開通的時候，起點新宿和終點立川之間只有兩個車站：中野、武藏境。長達二十七公里的鐵路，僅十個月時間就完工，據說是爲趕上著名的小金井堤岸櫻花盛開的日子。

獨步跟情人到小金井來是夏天的事情，櫻花早就謝了。堤岸茶店的老女人笑他們弄錯了季節。實際上，年輕情侶要避開人群，反而希望在夏天繁茂的樹葉下躲起來的。

小金井公園建設於一九四〇年，當初叫作小金井大綠地，戰後爲皇太子明仁（現天皇）提供了暫時的住所，五四年才改爲東京都立公園而對市民開放。現天皇顯然特別想念在小金井長大的少年時代，如今在皇居東御苑有一角是他特地下令重現武藏野雜木林的。

位於玉川上水北邊，總面積達七十七公頃的大公園，其中十六公頃是枹樹、櫟樹、紅松爲主的雜木林，乃被政府指定的野鳥保護區，一年四季飛來的鳥類超過四十種。自古著名的櫻樹則有一千八百棵，每年春天上萬東京市民特地過來賞花。

我自己特別喜歡在公園西邊的樹林裡，聽著悅耳的鳥聲吃野餐。周圍有很多木製桌椅，方便極了。

## 江戶東京建築物園：重現消失的生活空間

來到了小金井公園，一個絕不可錯過的景點是江戶東京建築物園。

從江戶時代到昭和初期的歷史建築總共二十七棟，統統復原於公園內。其中有武士宅邸的大門、明治時代政治家的房子、舊市區的小商店、居酒屋，還有派出所直到有軌電車車廂。入口的訪客中心則是一九四〇年慶祝「日本紀元二六〇〇年」時候蓋的宮殿移過來的。

**Musashi-Koganei**

(上) 小金井公園(Koganei Koen)：從武藏小金井站北口走路約十五分鐘，或是坐西武巴士五分鐘就可以到達。
(下)沒有地鐵的時代，有軌電車是主要的交通工具。

人氣最高的公共浴池「子寶湯」，爲宮崎駿動畫「神隱少女」的舞台「油屋」提供了基本形象；每到假日都有好多宮崎迷從日本各地來參觀。

這所建築物園，不僅復原個別的建築物，而且企圖重現以往的生活空間。比如說，一九七〇年以前的東京到處都是的空地，幾乎無例外地有大陶管。當年的小孩子們要麼看成隧道，或者當作躲藏處，總之在大人看不到的地方展開了各種祕密遊戲。建築物園策劃部門，爲了讓今天的孩子們體驗一下二十世紀後半的兒童世界，特地找來老陶管，重現了現實當中消失許久的空地，也由指導員傳授了古老的童玩如草笛、踢罐頭。結果，小朋友們非常高興，因爲這樣的玩耍環境，他們只在「哆啦A夢」等卡通片裡看到過。

歷史悠久的武藏野特有包容性。除了老建築物、有陶管的空地外，如今還有漫畫人物鬼太郎和眼球老爸住的小屋。妖怪

子寶湯是「神隱少女」中「油屋」的靈感來源。

漫畫大師水木茂創造的「墓場鬼太郎」重複地拍成動畫片，每每受到熱烈歡迎。如今在日本，連大人都熱中於妖怪故事、漫畫、影片等的。建築物園曾舉辦水木茂特別展覽，所引起的反響非常大。大家尤其喜歡鬼太郎的房子，雖然破屋子裡面只鋪張破蓆子而已。園方重視參觀者的感情，於是決定留下來當作永久性展品了。

博物館的使命，本來是保留、維護歷史文物。江戶東京建築物園進一步去重現已消失的生活空間，更容納市民共同記住的漫畫作品。經營理念革新大膽討人喜歡。這兒是東京眾多的博物館當中，我最鍾意的地方之一。

江戶東京建築物園的訪客中心本身就是歷史建築。開館時間從上午九點半到下午四點半，夏季到五點半。每週一和年底年初休園。大人門票四百日圓。

御茶之水 水道橋 飯田橋 四谷 信濃町 中野 高圓寺 阿佐谷 荻窪 西荻窪 吉祥寺 三鷹 武藏境 西國分寺 國分寺 國立 立川 日野

# CHUO LINE

# 第十六站：月台上的傳統風味

○品嘗傳統風味：武藏國分寺、月台十分鐘理髮店、月台拉麵店。

## 早早存在的西中央線

由東京舊市區的居民來看，武藏野是新開發的住宅地。「本來是原野、雜木林吧。聽說這些年蓋了不少房子。」他們說。好比於一六〇三年，德川家康在江戶開幕府以前的歷史是一片空白。但那當然是大錯特錯。無論在甚麼地方，歷史的眞相猶如油畫布；一幅畫下面，說不定隱藏著好幾層之前畫過的不同場面。

連東京學泰斗，評論家川本三郎都在一篇文章裡坦白：「坐往西的中央線來多摩地區，

昔日的御鷹道如今是很舒適的散步所在。

先入爲主地以爲這是新開地。結果，卻發現有幾百年歷史的釀酒廠，十幾、二十代的老居民等，對自己的無知和偏見不能不臉紅。」

實際上，當地的歷史至少追溯到公元前三千年。當年的位址，被挖掘保存的有好幾所。在中央線國分寺車站附近，甚至發現過一萬年以前的小刀型石器。

據考古學調查，開墾原野的大事業，其實早在公元五世紀就已經開始了。六、七世紀，朝鮮半島的動亂曾造成過海遷來的移民潮；武藏野北部至今保留著一些淵源於韓語的地名。到了八世紀，編纂日本最古老的詩歌選《萬葉集》的時候，所收錄的不少「東歌」是當年武藏野的生活詠成詩的。相比之下，江戶城四百年的歷史，短得很呢。

有神祕傳說的真姿池。

## 武藏國分寺：全國第二的木造建築

火車站名國分寺，乃取自公元七四一年受天皇之命而建設的老寺院。當年日本各地流行天花又鬧饑荒，統治者聖武天皇信仰佛教，爲了祈禱國泰民安，下令在全日本每一國（等同於省）都建設一所國分寺以及國分尼寺。

其中最大的是聞名於世的奈良東大寺。現存的伽藍，雖說經過改建比最初小了很多，但仍然是全世界最大的木造建築。氣派雄壯的程度令人聯想到古希臘的大建築，一點也不像後來日本的袖珍趣味。

據記載，當年的武藏國分寺，建築規模僅次於東大寺，乃全國第二大的。位於今天中央線軌道南邊大約兩公里，接近府中大國魂神社之處，附設七層塔的大寺院，其氣派也應該滿雄壯的。可惜十四世紀初，在當地武士互鬥中燒掉了。今天在原址的北邊有同名寺院，是十八世紀奠基的，跟八世紀的國分寺屬於不同宗派。

德川幕府時期，這一帶也是將軍家人用老鷹抓小鳥和小動物的獵場，留下了「御鷹道」等地名。

附近有個「眞姿池」，據傳說，是古代的絕世佳人玉造小町生病時（公元八四八年），到武藏國分寺許願，在境內水池裡齋戒沐浴、清心潔身後痊癒了。以「眞姿池」爲源頭的清涼泉水路，仍然流於住宅區，當年的御鷹道今天形成了挺舒適的水邊步行道。附近農民把作物拿來在水中洗淨後現場出售給散步客。夏天晚上，螢火蟲展開舞蹈會，漂亮極了。

武藏野台地和南邊多摩川之間的河岸段丘，因地形的緣故，從崖面湧出豐富的泉流來。在很多地點，居民拿塑膠桶子去泉頭打飲料水；下流水路中則常看到孩子們戲水。這樣的生活環境，在東京市區（二十三區）內，連想像都想像不到的。即使曾經有，爲了蓋大樓挖地的結果，地下水脈處處給斷掉了。只在郊區，人們還能享受到自然的恩惠。

中央線國分寺、西國分寺兩個站中間，修建了巨大的武藏國分寺運動公園。眞姿池和御鷹道都在公園後面的山崖下。至於八世紀的遺址，則在更南邊了。

## 國分寺書店的婆婆

說到東京國分寺，最多日本人想起的可能是椎名誠的《再見，國分寺書店的婆婆》了。那是他一九七九年問世的散文集，使作者一下子全國出名了。

椎名誠（一九四四年出生）本來是小型書評雜誌《本の雜誌》（中譯：《書的雜誌》）的總編輯，以《國分寺》一書忽然成爲文壇寵兒以後，更做起戶外活動專家，過去十多年一直在日本最有地位的《週刊文春》上連載來自世界各地的探險報導。不過，也許更重要的是，八〇年代以後，椎名誠創始的所謂「昭和輕薄體」文章席捲日本。從此，主流媒體上都氾濫極其口語化、半開玩笑式的輕鬆散文了。

德川幕府時期打獵的御鷹道。

《再見，國分寺書店的婆婆》是他和家人住在國分寺北邊，私鐵西武沿線時候寫的生活報告。本來在市區新宿等地打滾的出版界人士，結婚生小孩以後，非得到郊區來尋找安靜價廉的居住環境。JR中央沿線是高級住宅區，房租超過年輕小家庭的預算，只好轉私鐵再坐幾個站去稍微偏僻的小平市住，雖然每天到東京中心區上班的通勤時間會接近一個半小時。

如此無可奈何的人生處境，使得本來有左派背景，當年才三十出頭，意氣風發的小文人椎名誠對警察、鐵路職員、教員等每月領到固定薪水並得到政府津貼的各級公務員看不順眼，處處發火。書中他大罵穿制服享受中產階級生活的公務員，引起了廣大無產階級讀者的拍手叫好。

「國分寺」代表的是小市民的無奈，「昭和輕薄體」則是弱者的吶喊。那麼，「書店的婆婆」呢？恐怕她代表心理學所說的「內心母親（Inner mother）」了。

國分寺書店，其實是站前一家舊書店。愛死書，卻居住小房子的椎名誠，得每隔一段時間在自行車後邊載上大量書本去中央線車站附近的舊書店賣書。雖然舊書店不僅一家，但是由老太太掌櫃的國分寺書店水準傑出，使小文人椎名誠既尊敬又害怕。賣過書的人都知道，舊書店老闆和顧客之間的關係，稱得上是一種鬥爭；誰對書籍的知識多、愛情深，在買賣過程方能得利的。

有一次，他去國分寺書店賣書，但是老太太對他一眼不瞥。也許，她記得前幾天，椎名帶濕透的雨傘進來，被她罵了：「連一點常識也沒有的傢伙，滾出去！」也許，她猜到了他要賣的書都是垃圾。總之，戰鬥沒開始，小文人自認失敗，默默地走出去。

顯而易見，跟鐵路職員或站前派出所的警察不同，國分寺書店的婆婆是讓椎名誠敬佩的。面對她，小文人猶如站在老師面前的學生，跪在媽媽面前的兒子，不知怎地，始終良心上有愧似的。離開書店以後，他禁不住揣測婆婆的心意。她究竟爲甚麼沒有理我？我到底有甚麼不對？在拉麵店喝著啤酒小心翼翼的樣子，跟平時大罵公務員的左派分子簡直是兩個人了。

整本書最後，椎名誠發現國分寺書店已經關門，對掌櫃婆婆懷念至極。在後記裡，他更說明：單行本問世之前，特地拜訪原老闆娘道歉了標題以及文中重複以「婆婆」一詞稱呼她的失禮。果然，人家是大知識分子，在日本文學研究界大有名氣。

從前的成長小說，都以少年爲主人翁。社會進入後現代階段以後，孩子氣的青年、中年大量發生；今天的成長文學很多是爲三十歲以上的人而寫的。來自倫敦、紐約的單身女性故事比比皆是。在日本，昭和輕薄體的創始人椎名誠，可以說是兒童化大人的先驅。

## 月台理髮店

國分寺的下一個站西國分寺純粹爲住宅區，除了當地居民以及在這兒換坐JR南武線的乘客以外，不大有人上下車。我任職的大學恰巧在南武沿線，每週兩次上課回家的路上，都在西國分寺換車。站在月台上，無所事事，從一端走到另一端。結果發現，這個車站月台上，有兩家與眾不同的商店。

第一家是十分鐘理髮店，乃一律收一千日圓（普通理髮店、美容院的四分之一），花十分鐘（也是四分之一），就完成剪髮的。

之前，我在鬧區看到過幾家，媒體上也曾有報導：在銀座黃金地段開的一家，門前整天排成人龍。這種理髮店沒有洗頭盆，而用吸塵器來清潔頭髮，因而能省洗頭後又吹乾的時間和麻煩。

我看到報導時候就發生興趣；畢竟，去美容院是人生最大的煩惱之一。我只是需要剪頭髮而已，然而對方總是要強賣種種幻想，例如換了髮型會顯得跟明星一樣有魅力，整個命運從此開始轉變等等。雖然我理解多數人去美容院的目的就是沉浸於幻想，本人卻不買這一套。早就下了決心清湯掛麵平平凡凡過一輩子，衷心謝絕「美容輔導」的。

所以呢，我理想的剪髮處是香港的上海理髮店：技術可靠，價錢合理，實事求是。或者說，北京街頭的露天理髮店則更佳：一句廢話也不說，人家一坐下來，剪刀馬上開始動。

十分鐘理髮店的理念似乎正符合我的要求。只是，經幾次觀察，西國分寺站台理髮店的顧客清一色爲男性。他們在換車的幾分鐘裡，跑進來投幣買張剪髮卡，一邊把書包上衣交給助理，一邊坐下來已經開始給師傅剪髮。如果一切順利，剪完頭髮能趕上下一班列車的。

有一天，下課回家的路上，我忍不住好奇心以及當日酷熱的天氣，終於打開站台理髮店的門，問了師傅：「是否專門爲男性服務？」人家一口氣回答說：「沒那麼回事，男女都行，你先買張卡吧。請坐，包包給她。要剪多少？」二十秒鐘以後，剪刀已經在動了，效率高得眞令人舒服。

個子矮，留鬍子的師傅，年紀大約三十出頭。另外三個女理髮師均爲中年人，當時只有我一個顧客，她們閒得隨便聊天打發時間。

我坐下來以後才發覺，店內其實不大乾淨，對衛生方面抱有不安，希望能快點離開。然而，師傅遇到少見的女顧客，似乎特別來勁的樣子，剪刀用得特細特慢了。

過了二十分鐘，兩班列車來了又走，我仍舊給關在十分鐘理髮店裡。但是，現在後悔也來不及。若說人生是一門學問，

十分鐘理髮站收費是普通理髮站的四分之一。

總得要給學費不可，大概今天就是我交錢的日子了。

## 月台拉麵店

中央線各站的月台都有不同的乘客服務。一些車站有櫃台蕎麥麵店（無座位）、冰淇淋自動販賣機、火車便當店、麵包店。當然最多是小賣部，出售熱冷飲料、報刊、糖果、面紙、口罩、香菸等好多種小雜物。西國分寺站特別的地方，是有家很有名氣的拉麵店在月台上開著分店。

「直久」是一九一六年開業於銀座的老字號日式拉麵店。雞骨熬成的湯底，用醬油調味，捲曲的麵條上放有叉燒、紫菜、筍、蔥花等。在各種拉麵百花齊放的今天，直久的醬油拉麵顯得很傳統、好古早。

我並不是個拉麵迷，但是每次站在月台上都看到老字號的門牌和菜單，還是難免被吸引。何況，每週五上完兩堂課回到西國分寺站的

月台拉麵店有懷舊的古早風味。

時候，已經十二點四十五，肚子眞餓得可以。雖然再坐兩分鐘的火車就能到家，但是恐怕沒有剩餘的力氣自己做飯吃了。

算了吧。於是，中途給老公掛個電話，夫妻約在月台上，一見面就跑進「直久」，投幣買餐票：兩碗醬油拉麵、兩份鍋貼……當然少不了兩杯生啤酒了。月台分店相當狹窄，桌椅櫃台都很小很小的。也難怪，絕大部分顧客都一個人進來匆匆吃完一碗湯麵就走；平均停留時間不到十分鐘。我們要邊喝邊吃邊聊，似乎不大懂場合似的。

拉麵的味道還不錯。只是，環境氣氛過於機械化，甚至冷漠。中午在外頭吃飯的時候，我總覺得日本民族對感官快樂（尤其口福）的追求不夠，禁欲主義過甚了！

東京
神田
御茶之水
水道橋
飯田橋
四谷
信濃町
中野
高圓寺
阿佐谷
荻窪
西荻窪
吉祥寺
三鷹
武藏境
西國分寺
國分寺
國立
立川
日野
八王子
高尾

CHUO
LINE

# 第十七站：在富士山腳下

老派風味的巡禮：大學通、ROJINA茶房、邪宗門。

## 白馬王子的決定

國立是我婚後定居的地方。能夠在清靜的郊外生養孩子，頗爲幸福。但是，最初，被未婚夫告知「在中央線國立站附近找到了滿不錯的房子」時，老實說，我心中是很不服氣的。

國立這地名，早就聽說過，是往年大歌星山口百惠嫁給影星三浦友和後住的地方。長期在《週刊新潮》上連載「男性自身」專欄的小說家山口瞳（跟百惠無關）也常在文章裡講到郊區生活的種種片段，例如：跟太太散步去附

國立站是木造的三角形屋頂。

近的咖啡館和通曉外語的文人老闆聊天，或者戴草帽到球場去爲當地中學隊鼓勵等。

總的來說，國立是被人看得起的中產階級住宅區。

那又怎麼樣？郊外不就是鄉下嗎？我心想。作爲土生土長的東京人，我偏愛市區生活之喧鬧。反而對郊外，專門抱有無聊、缺乏刺激等負面想像。如果自己去找房子的話，一定會在山手線內部的舊市區。

但是，未婚夫可不同。他是大阪人，到東京來上大學，畢業以後留下來的；對這座城市的感情邏輯，跟當地人不大一樣。他最初住的學生宿舍在中央線西荻窪站附近，就職後租的房間也鄰近荻窪。爲了準備結婚，要在東京買房子時，沿著中央線軌道開始看物業。

東京的房地產向來以鐵路來分區，各沿線的氣氛和價格都不一樣。中央線是我從小最熟悉的路線，而且算是房地產界的名牌。眞得感謝老天爺細心的安排。由於我當時還住在香港做事，具體的調查選擇託他一個人辦了。

從窗外望見富士山。

但是，國立？有沒有搞錯方向？我心想，卻沒說出來。一來，物業是人家要出錢買的，我沒資格說三道四。二來，好不容易遇到的白馬王子，我無論如何都不想反對他做出的任何決定！

## 大學小鎮

第一次在國立下車，我不由得深呼吸一番，空氣明顯比市內新鮮得多。看看四圍，這個地方似乎有點像鎌倉。

由內陸小鎮聯想到海邊古都，出乎我本人預料之外。何況鎌倉是學生時代多次去遠足，充滿快樂回憶的地方。應該說，我初識就被國立迷住了。

國立車站是古老的木造建築，三角形屋頂塗成紅色，看起來像格林童話裡的糖果房子，討人喜歡。圓形的站前廣場相當寬闊，天空顯得特別大。前邊有櫻樹和銀杏樹的綠蔭大道，叫作「大學通」，是走過去就到名門一橋大學校園的緣故。

跟喧鬧的市區比較，這裡簡直是別墅區了。其實，鎌倉是自從十九世紀，東京闊人蓋別墅夏天去避暑的地方。國立的來歷不一樣，乃一九二〇年代，箱根土地會社的堤康次郎社長（西武集團創始人，後來的眾議院院長）參考德國格丁根（Gottingen）而策劃的歐洲式大學小鎮。不過，他之前從事過輕井澤別墅區的開發事業；那經驗，說不定對「國立大學町」的設計有所影響。

中央線國分寺、立川間，本來沒有火車站。堤康次郎看中軌道邊的廣大原野、雜木林，向南邊谷保村的農民地主高價收買了土地。爲了實現「大學町」計畫，一方面，他成功推動新站開業（二六年）。另一方面，促使本來位於市中心的一橋大學（當時的東京商科大學）遷移過來（三〇年）。國立大學町的歷史從此眞正開始了。

後來被招引的國立音樂大學、東京女子體育大學、桐朋學園等多所學校，又加強了國立的學術氣氛。堤社長滿重視大學町的建設，不僅把總公司設在國立火車站對面，而且帶全家大小搬過來住，爲大學教員子弟以及自己的孩子們，創立了國立學園小學。

在早期的國立，除了學校以外，大企業的職工家族宿舍也相當多。其中，新聞協會購買的土地上，各報社蓋了房子的「Press Town」充滿傳奇。

作家嵐山光三郎的父親，做多摩美術大學教授以前，曾任職於朝日新聞廣告部。在Press Town長大的兒子，上當地的國立學園小學和桐朋學園中學，成年後在出版界出名也不離開國立。他至今做了半世紀的居民，穿和服木屐打著扇子溜達溜達，偶爾在站前酒店門口拍賣自己的藏書。

當初，箱根土地會社出售的住宅用地，每一筆爲二百坪，沒有更小的區劃，也不給租賃，爲的是保持大學町的格調。結果，逐漸增加的國立民房，以日本標準來看，都可算是豪宅了。直到二十世紀末，才許可建設公寓大樓（如我們住的這一棟）。至今，在二百坪的土地上，三代同堂的家庭也並不少見。

市民對居住環境和景觀，歷來特別關心。五〇年代的住民運動爭取了永久性的文教地區指定。車站一帶禁止飯店、夜總會、鋼珠店、麻將店、高利貸等風化設施經營。彌漫東京各區而嚴重污染居住環境的下流商業設施，一律被排斥在國立市境之外。反之，每年春天，吸引多數外來遊客的大學通櫻花隧道，是當地義工整年操心照顧的成果。從年底到年初，由商店會出錢，在馬路兩邊的銀杏樹上掛的燈光裝飾，看起來像一排巨大的聖誕樹，爲過節時期加添歡樂氣氛。

一下火車，我覺得空氣新鮮，天空很大，果然不無根據。

## 咖啡館與農村

國立市人口大約七萬多，最大的產業仍舊是高等院校。

一橋大學廣大的校園是市民週末去散步吃野餐的好地方。兼松禮堂內，每年幾次舉行大學交響樂團和市民交響樂團的免費音樂會，很受附近居民的歡迎。十一月初，大學嘉年華和市民嘉年華同時開展；期間大學通禁止車輛進來，變爲市民觀看多種露天表演的場地。

每逢假日，從其他地方來逛街的人不少。平時的國立，基本上是滿清靜的。好在各校學生很多，年輕人爲住宅區帶來活力。

除了站前幾家超級市場外，當地商店都是個人經營的小舖子。幸虧上一代買下了土地，現任老闆一般另有房租收入，小舖子賺不賺錢都不大要緊。

在東京市區幾乎已絕滅的老派咖啡館，在這兒仍然保留著不少。在山口瞳書迷巡禮去的「ROJINA茶房」旁邊，魔術師老闆開的「邪宗門」也頗有特色。極爲狹小的館子裡，到處都是不可思議的異國寶物之類。東京附近有好幾家同名店，全是他的魔術弟子們開的。

這些年住在國立，我最欣賞的是，通過南邊農村地帶，聯繫到古老歷史的感覺。

國立市由三個部分組成。離火

邪宗門（Jashumon）：國立市中一丁目九番地三十號。電話：0425-76-4250。

車站往南一點五公里方圓內是以寬闊的綠蔭大道爲主軸的大學町。南邊是七〇年代建設的工人新村，乃東西達兩公里的大面積集體住宅區。再走過去，南武線軌道和大馬路甲州街道那邊，則是谷保農村地帶了。

這裡的歷史滿悠久。住民信仰的對象——谷保天滿宮的典故則追溯到公元十世紀初。當年很著名的文章博士菅原道眞在京都朝廷的政治鬥爭中失敗而被流放到九州大宰府去。他幼小的三男則到此地來，父親去世後奠基了天滿宮。世襲神官至今已達第六十五代。

附近農家也多是世世代代居住超過一千年的老居民。他們保持古早的祭禮，也保持祖先開墾的田地，仍舊種大米、蔬菜、水果等維生。大學町的孩子們，每年幾次從學校集體到谷保村莊去體驗農業。

至於大人們，則高高興興購買當地生產的新鮮作物。每星期六上午，在國立火車站對面的多摩信用金庫（原箱根土地總公司所在地）停車場，谷保農會成員出售當天早晨剛收割的蔬菜等。不同的季節有不同的作物，如：春天的竹筍，夏天的玉米、毛豆，秋天的栗子，冬天的蘿蔔。拿回家吃，味道跟超市買來的就是不一樣。何況，從我家十二樓住房的食堂窗戶，能望到美麗的富士山。

雖然國立只是住宅區，沒有甚麼值得特別驕傲的，但是從這兒看的富士山就是非常傑出。恐怕距離恰合適，因爲太靠近了，反而不常看到靈峰全貌的。

若你不信，冬天空氣寒冷的早晨，在國立下車看看吧。從站前廣場，一步走進往西南的商店街，對面就看到富士山，其巨大的程度令人不敢置信。相對來看，人則縮小成螞蟻一般！真不愧路名爲「富士見通」。

幸虧，我當初沒有反對未婚夫要在國立買房子的決定。

# 第十八站：靜止在一八八九年

◎立川的歷史痕跡：一八八九年中央線終點站、一九二二年飛機場完工、一九二七年蘇聯飛機在此降落、一九二九年日本第一條定期航空路線、一九三七年由立川起飛的神風號抵達倫敦。

## 從戰爭到繁榮

立川是中央線新宿以西，最多人利用的火車站。交通方便、買東西更為方便。

這兒是自古以來的航路（多摩川）和近代化的象徵——鐵路相交叉的地方。從奧多摩山區，一直沿著多摩川往東南下來的JR青梅

多摩市的單軌列車在立川與中央線相交。

線，以立川爲終點站。接著，由黃色車廂的南武線，沿著下游直到河口的工業城市川崎去。多摩都市單軌線，則在立川跟中央線軌道相交，連接著多摩南北兩地區。

在交通要地，商業發展是自然的趨勢。

JR站房內，就有GRANDUO和LUMINE兩棟購物中心；走北口陸橋能直接到達高島屋、伊勢丹、丸井等百貨公司。家用電器店Bic Camera，大型連鎖ORION書房，歐式家具店等，各類專門店也櫛比鱗次。

加上，GRANDUO上層的「立川中華街」，除了餐廳、茶館、食品店以外，連關公廟前算命先生都齊全，到了年初還有舞獅。

總之，東京西部居民要買東西，根本不必到市中心區去，來立川就可以了。

然而，立川並不是一貫如此繁榮的。在一九七〇年代，這個和平喧譁的商業區，曾是嚼著口香糖的美軍士兵帶日本妓女闊步而行的佔領區。

立川在一九二二年時曾有機場。

## 立川飛機場：歷史的足跡

立川的歷史滿悠久。有史前遺址，也有公元九世紀奠基的老廟。一八八九年，中央線（當年的甲武鐵道）開通時，以立川爲終點站。

一九二二年，立川飛機場完工。五年後，蘇聯飛機降落，乃第一次到日本來的外國飛機；從此立川成爲國際機場了。二九年，日本頭一條定期航空路線開通於立川—大阪之間。三七年，由立川起飛的朝日新聞社飛機「神風號」順利抵達倫敦，樹立了飛行時間的世界紀錄。

雖然從一開始，立川飛機場便是軍民共用的飛機場，但是直到太平洋戰爭開始以前，和平歡樂的話題也很不少的。這情形在四一年十二月的珍珠港事件以後徹底改變了。立川是日本陸軍飛行第五大隊的所在地，在戰爭末期蒙受美軍空襲多達十三次，遭到了嚴重的破壞。

四五年八月停戰，美國部隊馬上進駐立川。五五年，當美方提出基地擴建計畫時，引起了附近居民的激烈反對，乃所謂「砂川鬥爭」的開始。六九年，美軍停用跑道。七七年，立川基地（原立川飛機場）終於回歸日本。

戰後的立川，曾有很長一段時間，以美軍基地爲最大產業，其中包括爲士兵服務的餐飲娛樂業。老外紅燈區的形象，就是那個時候形成的。

軍隊帶來的美國文化也吸引了日本一部分年輕人。村上龍、山田詠美等小說家在年輕時候都住過美軍住宅。他們主要出入青梅線福生站附近的橫田基地。村上龍的出名之作《接近無限透明的藍》，山田詠美的《做愛時的眼神》均以美軍住宅爲背景。

山田詠美以美軍住宅為背景的文學作品《做愛時的眼神》。

日本創作歌曲女王松任谷由實，出生爲中央線八王子的老字號和服店女兒，中學時期常到立川基地內的酒吧、舞廳跟美國士兵交往。她早期（七〇年代）發表的作品中，〈雨中火車站〉、〈LAUNDRY GATE〉等，描寫當年經驗的歌曲不少。

## 昭和紀念公園：酒徒的桃花源

立川飛機場回歸日本以後，政府決定，在此建設公園來紀念昭和天皇即位五十周年。總面積達一百八十公頃的巨大公園，八三年部分開園以後，一直繼續修建，花二十多年時間將要最後完成。

園內設有運動場、兒童遊樂場、划舟池、戲水池、游泳池、日式庭園、烤肉區、迷你高爾夫球場、單車路等，應有盡有。最有吸引力的還是特別寬闊的大草地。每年春秋，每日都有來自多摩各地遠足的幼稚園生、小學生們。

春天櫻花盛開，夏天例行煙火大會，秋天的波斯菊一面如海，初冬的黃葉令人難忘，聖誕節前後的燈飾又浪漫至極。一年四季都有悅目的風景。再說，「雅樂」（八世紀學自唐朝，一直在日本宮廷中傳下來的古代音樂）戶外演出等，機會難得的各種節目也經常舉行。

可以說，昭和紀念公園已經扎根於當地居民的生活中。恐怕今天的遊客，多數不知道這裡曾是美軍基地。然而，躺在草地上，還偶爾聽到軍用直升機的聲音，令遊人感到稍微不安。原來，美軍從立川基地撤退後，日本政府把一部分土地留下來給自衛隊用的。陸上自衛隊東部方面航空隊立川駐屯地的面積，其實跟昭和紀念公園差不多一樣大。只是，平時在街上看不到穿制服的隊員，大家也意識不到罷了。根據日美安全保障條約美軍繼續利用的橫田基地，也在距此僅僅幾公里之處。

從立川沿著多摩河流往西北的青梅線，軌道兩邊的觀光地點滿多。

坐三十分鐘的車到青梅，再徒步去河邊釜之淵公園，乃夏天玩水、烤肉的好地方。

繼續坐到日向和田，有春天賞梅花的佳地吉野梅鄉。附近有《宮本武藏》的作者吉川英治故居作爲紀念館對外開放。

澤井站旁邊的釀酒廠是酒徒的桃花源。

從御獄站坐公車、轉纜車抵達的御獄山頂，連仲夏白天也涼快舒服。

鳩之巢站旁邊的峽谷瀑布很美麗，手工蕎麥麵特好吃。

終點站奧多摩是不折不扣的山區了。周邊的露營設施很多，令人難以置信這兒還是東京都內。

# 第十九站：這裡不是東京

- 東京的另一面：車人形偶戲、乾貨店、絲綢。
- 住在中央線最西端的居民：一九九七年直木獎得主淺田次郎與篠田節子。

## 這兒是東京嗎？

第一次在八王子下車，我的反應是：「這兒是東京嗎？」

在今天的行政區分上是，歷史文化上倒不是。例如，八王子流傳下來的偶戲「車人形」（演者坐小車在舞台上移動）是完全獨特，東京其他地區看不到的。

在我看來，八王子最不像東京的地方，乃街上的魚店。鮮魚擺得非常少，根本看不見東京灣釣上的所謂「江戸前」小

通往各大學的巴士站。

魚，多半商品卻爲乾貨之類。

難道這裡是山區？

看歷史和地理，確實屬於山區。

例如，昔日八王子生產的絲綢很出名，至今仍以桑葚（蠶飼）作當地象徵。爲了出口絲綢製品到國外，運輸去港口城市橫濱的路線叫作「絲綢之路」，對大部分東京人來說比中國新疆那一條還要遙遠陌生。

八王子是東京西端的交通要地，JR橫濱線和八高線（到群馬縣高崎市）都從這兒啓程。在站前廣場溜達溜達的中學生們，打扮得跟東京市區的同代人不一樣，和多摩東部也不同。一看他們就知道是坐橫濱線或八高線從外地來玩的鄉下小孩了。

人們以爲，資訊產業如此發達的年代，全國各地（若不是世界各地）的生活方式早就劃一了。然而，只要坐中央線到八王子來，就能證明這種看法並不符合事實。

怎麼鄉下小孩永遠像鄉下小孩？這對我來說是很大的謎。

**Hachioji**

開往橫濱的列車。

## 衛星城市：美景啓動想像力

我小時候，多摩新城剛開始建設不久，東京人普遍嚮往綠油油的丘陵上忽而出現的現代化社區。當年的八王子，無疑是東京地圖上特別發光的一顆衛星。

本來集中於中心區的高等學府也一所一所地遷移到新城區來。光是八王子市內就有了二十一所大學。鄰近日野市也有三所大學。

於首都西南角，不少人消耗青春歲月。大學集中的八王子，符合年輕人口味的購物中心、食肆、娛樂設施相當多。再說，離市區遠，物價水平相對便宜。對學生來說，不無優勢。

八王子這些年失去過去的光輝，並不是當地人犯的錯誤。只不過，時尚不停地流動罷了。東京人嚮往的居住環境，有一天忽然從丘陵上的新城變成了灣區的高層公寓；令早就搬來西郊置業的人們目瞪口呆、哭笑不得。

一九九七年，同時獲得了第一一七屆直木獎的兩個小說家：淺田次郎和篠田節子，一個住在日野，一個住在八王子，均爲中央線最西端的居民。

淺田在東京市區長大，多次換過住所以後，爲了尋找清靜的寫作環境而到日野定居。他在一次訪問中說：在市區被水泥大樓圍起來，寫不出動人故事；窗外看得見美麗山水，作家的想像力才開始啓動。

篠田則生長在八王子，大學畢業以後任職於八王子市政廳，婚後新居又置於八王子。她從來沒離開過郊區故鄉，就登上了文壇的。

二十世紀初的中央線文士村，曾以高圓寺、阿佐谷、荻窪等地爲中心。到了世紀末，兩個直木獎作家同時由西端多摩誕生，是否意味著文士村也移過來了？

文壇奇女笙野賴子的經歷卻證明，情況並不是那麼簡單。一九八一年，她以短篇小說〈極樂〉獲得群像新人文學獎，決定從關西搬到東京來做個專業作家。

笙野對首都地理不熟悉，卻覺得未出名之前住中心區超乎身分。於是打開不動產雜誌，選擇了最西端的住宅區八王子，找間只有五坪的小公寓住下來，每天從早到晚埋頭寫作。誰料到，從二十幾到三十幾，笙野花了整整十年工夫，方能出版第一本書《無所作爲》。文中，她仔細描寫單獨生活在衛星城市的荒謬感。

笙野賴子《無所作為》。

八王子距離東京中心區大約四十

公里，曾經擁有獨特的歷史與穩定的文化環境。然而，多摩新城建設以後，流動人口多起來。新居民的主要生活在東京市區進行，八王子只不過是晚上回來睡覺的地方。經營小家庭生育孩子是一回事。但是，外地出身的未婚無名女作家單獨住在這麼個地方，根本不可能扎根，幾乎沒有跟鄰居的來往。她逐漸失去現實感，甚至患上輕度精神病。

九四年，笙野賴子得到芥川獎，終於能夠以筆維生了。有了一點錢，她要做的第一件事情便是離開八王子。從小平到中野到雜司谷，爲了尋找寓所，單身女作家在首都各地所遇到的種種困難近乎恐怖小說。這經驗，《我無處待》一書介紹得特別清楚。

之後的十年，她住所逐漸往東橫貫了東京。最後渡過江戶川到對岸千葉縣舊農村地帶，爲自己和一批貓兒買下了房子，以確保安全和平的居住、寫作環境。

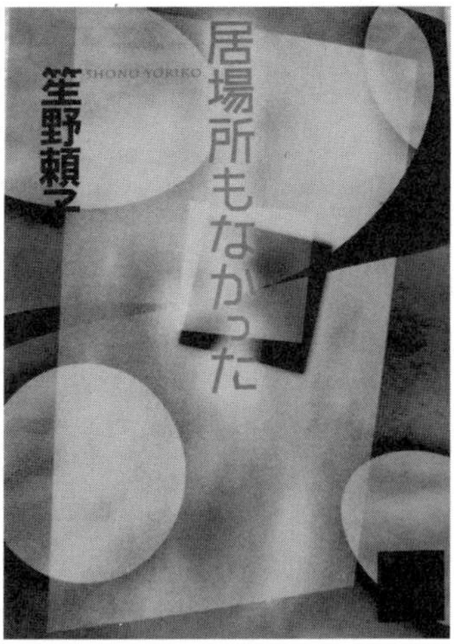


笙野賴子在《我無處待》這本書中描繪了單身女作家，為了找房子而遭遇的種種困難。

# 終站：並非完結的終點

◎東京神祕之旅：

1 參觀月台天狗像。

2 參加冥想儀式：講習會每月二十八日與第一個星期六，費用兩千日圓。

3 坐纜車到藥王院參觀烏鴉天狗。

## 天狗傳說

離開東京站後大約一個小時，終於抵達了終點高尾站。橫穿了武藏野台地，周圍是不折不扣的山區，氣溫比市區低幾度。

坐到終點的旅客當中，要爬高尾山（六百公尺高）的登山客佔多數。對東京

巨大的天狗像面迎來自東京的列車。

小孩來說，高尾是遠足去的地方。

這兒是東京都的西南邊疆，過條河就到神奈川縣了。

月台上，巨大的「天狗」面像迎接著來自東京的列車。天狗要麼是紅臉大鼻子或是綠臉烏鴉嘴，背後長著翅膀，乃日本傳說中擁有特異功能的妖術家；至今爲人們信仰的對象。

東京商店、民房的牆上，常常掛著上了暗紅色油漆的天狗面具。發光的大鼻子容易引起猥褻聯想，整體印象傾向幽默。但是，高尾站月台上的天狗面像可不同：高達二點四公尺，光是鼻子就有一點二公尺，重量則到十八噸，而且表情特別嚴肅，令人非敬畏不可。

高尾山的「天狗」歷來很有名。佛教眞言宗高尾山藥王院奠基於公元七四四年。原來以藥師如來爲本尊，中世紀以後，卻作爲天狗居住的靈山聞名於世了。

山腳下的多摩各地，每年秋天在廟裡舉行的豐收節中，至今有高

傳說中的天狗背後長有翅膀，是有特異功能的妖術家。

個子、紅頭髮、大鼻子的天狗打著羽扇子出來，發著人們聽不懂的語言，跟一對獅子一起狂跳舞蹈。

## 天狗到底是甚麼？

古代漢語中，天狗一詞指流星；傳到日本以後卻擬人化了。據日本神話，當天孫神降臨日本之際，帶路的地神「猿田彥命」容貌魁偉、鼻長七尺、神通廣大，乃天狗形象起源之一。又說，印度神話中的巨鳥「迦樓羅」到日本後變形爲天狗了。

傳統山岳信仰「修驗道」的行者（俗稱「山伏」）打扮得跟天狗頗爲相似。公元七世紀，由妖術家役小角開創的「修驗道」，最終目的爲通過嚴厲冒險的山中修行而即身成佛。

山伏使的妖術曾在日本政治鬥爭中常被動員。明治維新後，雖然遭到了官方禁止並壓迫，但是修驗道從來沒有斷絕。

今天，高尾山仍有多數山伏。爬山的路上，傳來他們吹海螺的低鳴聲。在蛇瀑布、琵琶瀑布兩地，身著白色裝束的行者站在落水下冥想。正式的水行係每天七次連續二十一天才完成的。爲了有意入門者，每月二十八日以及第一個星期六都有講習會，參加費是兩千日圓。須事先跟琵琶瀑布事務所預定。

琵琶瀑布事務所：電話：0426-67-9982。

對日本人來說，山區向來跟平地不同，乃大自然的力量所控制的神祕聖地。各地山上都有山伏，也有天狗傳說。這包括過去的天皇常去的京都南方熊野古道地區（世界文化遺產）。

坐纜車到高尾山頂，藥王院門口的眾多小商店個個都出售著大小不同，眼神嚴厲的天狗面具，要麼紅臉大鼻子或者綠臉烏鴉嘴。據傳說，高尾山上住的是「烏鴉天狗」。很難分辨，他們究竟屬於正義的勢力，還是屬於邪惡的勢力。總之，無疑特別可畏。連遠足到來的孩子們看到後都稍微懼怕，不會像平時一般胡鬧。

## 顯明界和幽冥界：連接皇家的陽與陰

位於江戶城西南邊的高尾山，正處於往富士山的路途上。

江戶老百姓把富士山當作靈峰，紛紛參與了「富士講」宗教活動。信徒走路去富士山，身著白色裝束出入山腰的洞穴，乃是把靈峰比作母體，象徵著死亡與再生的活動。不能老遠到富士山去的信徒，則參拜江戶各地的富士淺間神社。當年，高尾山的淺間神社也吸引了好多善男信女。

有位日本思想史家說，中央線軌道連接著「顯明界」和「幽冥界」，即陽間和陰間。

中央線起點東京站是一九一四年爲了當時的大正天皇坐火車去訪問各地而開業的中央停車場。他去世後，陵墓建於高尾站北邊。二七年，爲了運輸棺材而特地興建的新宿御苑臨時車站，後來遷到高尾過來至今使用；日本格式的木造站房莊嚴如廟。

後來，大正皇后，昭和天皇、皇后都在高尾的武藏陵墓地埋葬。中央線軌道的確連接著日本皇家的陽宅和陰宅了。

高尾山終究是江戶─東京人的聖地。火車站的氣氛跟中央線其他站不同，並不足爲怪。

## 鐵路永遠延續下去

雖說是終點站，軌道並非到此爲止。

從高尾返回東京站去的「中央線」橙色列車對面，停著淡紫色車身的「中央本線」普通列車，開往山梨縣甲府、長野縣古城松本。

中央線通勤快車每幾分鐘有一班，中央本線慢車卻半個鐘頭才有一班而已；運行頻率大

充滿宗教氣息的高尾站，連外觀都有如寺廟。

不相同。兩者用的車廂也不一樣。中央本線列車採用箱型四人座，挺合適於看著窗外風景吃便當的遊客。

從高尾搭中央本線，下一個站就是神奈川縣相模湖，乃人工湖邊建設了遊樂園、烤肉露營場的風景區。坐一個多小時的車，就到勝沼葡萄園站，當地以生產果酒聞名全國。再坐一個多小時，則到美麗的諏訪湖溫泉區。上諏訪車站月台設有免費泡腳處，別有味道。附近高地有日本阿爾卑斯的別名，乃夏天避暑的好去處。終點松本則以國寶城堡出名。

中央本線到了松本，又要延續到名古屋去。鐵軌永遠不會到盡頭。去名古屋，又是三個多小時的漫長路程了。坐快車，當然會快得多。不過，我總覺得，只要有時間，慢車之旅更爲豐富。

國家圖書館出版品預行編目資料

東京迷上車──從橙色中央線出發／新井一二三著；
－－初版.－－臺北市：大田，民95
面；　公分. －－（美麗田；092）
ISBN 957-455-995-5(平裝)

861.6　　95000730

美麗田 092

東京迷上車──從橙色中央線出發

作者：新井一二三
發行人：吳怡芬
出版者：大田出版有限公司
台北市106羅斯福路二段95號4樓之3
E-mail:titan3@ms22.hinet.net
http://www.titan3.com.tw
編輯部專線（02）23696315
傳真（02）23691275
【如果您對本書或本出版公司有任何意見，歡迎來電】
行政院新聞局版台業字第397號
法律顧問：甘龍強律師

總編輯：莊培園
主編：蔡鳳儀
企劃統籌：胡弘一
編輯：李星宇
美術設計：Leo Design
校對：陳佩伶/耿立予/余素維/新井一二三

印刷：知文企業（股）公司　TEL:(04)23581803
初版：二〇〇六年（民95）三月三十日
定價：250元

總經銷：知己圖書股份有限公司
（台北公司）台北市106羅斯福路二段95號4樓之3
TEL:(02)23672044・23672047　FAX:(02)23635741
郵政劃撥：15060393
（台中公司）台中市407工業30路1號
TEL:(04)23595819　FAX:(04)23595493

國際書碼：ISBN 957-455-995-5/ CIP:861.6 / 95000730
Printed in Taiwan

| | | | |
|---|---|---|---|
| 廣 | 告 | 回 | 郵 |
| 北區郵政管理局登 | | | |
| 記證北台字1764號 | | | |
| 免 | 貼 | 郵 | 票 |

**大田出版有限公司　編輯部收**

地址：台北市106羅斯福路二段95號4樓之3
電話：（02）23696315-6　傳真：（02）23691275
E-mail：titan3@ms22.hinet.net

＊請沿虛線剪下，對摺裝訂寄回，謝謝！

地址：

姓名：

TITAN
大田出版

智 慧 與 美 麗 的 許 諾 之 地

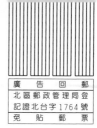

*請沿虛線剪下，對摺裝訂寄回，謝謝！

閱讀是享樂的原貌，閱讀是隨時隨地可以展開的精神冒險。
因爲你發現了這本書，所以你閱讀了。我們相信你，肯定有許多想法、感受！

## 讀者回函

你可能是各種年齡、各種職業、各種學校、各種收入的代表，
這些社會身分雖然不重要，但是，我們希望在下一本書中也能找到你。
名字／＿＿＿＿＿＿＿＿ 性別／□女 □男　出生／＿＿＿年＿＿＿月＿＿＿日
教育程度／＿＿＿＿＿＿＿＿＿＿＿＿
職業：□ 學生　□ 教師　□ 內勤職員　□ 家庭主婦
□ SOHO 族　□ 企業主管　□ 服務業　□ 製造業
□ 醫藥護理　□ 軍警　□ 資訊業　□ 銷售業務
□ 其他＿＿＿＿＿＿＿＿
E-mail/＿＿＿＿＿＿＿＿＿＿＿＿＿＿＿＿　電話/＿＿＿＿＿＿＿
聯絡地址：＿＿＿＿＿＿＿＿＿＿＿＿＿＿＿＿＿＿＿＿＿＿＿＿＿＿
你如何發現這本書的？　書名：東京迷上車——從橙色中央線出發
□書店閒逛時＿＿＿＿＿書店 □不小心翻到報紙廣告（哪一份報？）＿＿＿＿＿
□朋友的男朋友（女朋友）灑狗血推薦 □聽到 DJ 在介紹＿＿＿＿＿＿＿＿
□其他各種可能性，是編輯沒想到的＿＿＿＿＿＿＿＿＿＿＿＿＿＿
你或許常常愛上新的咖啡廣告、新的偶像明星、新的衣服、新的香水……
但是，你怎麼愛上一本新書的？
□我覺得還滿便宜的啦！ □我被內容感動 □我對本書作者的作品有蒐集癖
□我最喜歡有贈品的書 □老實講「貴出版社」的整體包裝還滿 High 的 □以上皆非 □可能還有其他說法，請告訴我們你的說法
＿＿＿＿＿＿＿＿＿＿＿＿＿＿＿＿＿＿＿＿＿＿＿＿＿＿＿＿＿＿＿＿
你一定有不同凡響的閱讀嗜好，請告訴我們：
□ 哲學　□ 心理學 □ 宗教　□ 自然生態　□ 流行趨勢　□ 醫療保健
□ 財經企管　□ 史地　□ 傳記　□ 文學　□ 散文　□ 原住民
□ 小說　□ 親子叢書　□ 休閒旅遊 □ 其他＿＿＿＿＿＿＿＿＿＿

一切的對談，都希望能夠彼此了解，否則溝通便無意義。
當然，如果你不把意見寄回來，我們也沒「轍」！
但是，都已經這樣掏心掏肺了，你還在猶豫什麼呢？
請說出對本書的其他意見：

大田出版有限公司編輯部 感謝您！